大富豪同心

天下無双の型破り

幡大介

双葉文庫

目次

天下無双《てんかむそう》の型破り

大富豪同心

第一章　同心二人

一

　ここ数カ月の江戸の喧噪《けんそう》とはうって変わって静かな午後だった。三国屋《みくにや》の座敷で卯之吉《うのきち》が算盤《そろばん》を弾《はじ》いている。

　何枚もの貸しつけ証文《しょうもん》を検《あらた》めて、利息額を加算し、帳簿と照らし合わせていく。三国屋の商いは膨大だ。山積みになった帳簿を次から次へと手に取っては算定済みの山へと移していった。

　同じ座敷でおカネも帳合《ちょうあい》に励んでいる。水晶でできた老眼鏡を外すと、凝った肩を自分で叩いた。

「菊野《きくの》や～、お茶を淹《い》れておくれ」

奥に向かって声をかける。猫撫《ねこな》で声だ。奥からは「あーいー」と返事があった。

台所では菊野がいそいそと茶を淹れている。その様子を銀八《ぎんぱち》が見ていた。

「なんだかもう、内儀《ないぎ》さんの風格でげす」

おカネは菊野を家の嫁にしたようなつもりで接しているし、菊野も抗《あらが》う様子もない。

菊野は茶を淹れた湯呑茶碗を二つ座敷に運んでいって、戻ってきた。

銀八は菊野に声をかける。

「若旦那は、どうしていなすったでげすか」

「帳簿を検めてたさ」

「若旦那が？　ようやっと商売に身を入れる気になったんでげすかね？」

「そうじゃないだろうさ。茫然《ぼうぜん》としているんだよ。心ここにあらず、といった風《ふ》情《ぜい》だったよ」

銀八は首を傾《かし》げた。

「どういうお話でげすかね」

「卯之さんの心根がしっかりしていたらね、しっかりと遊びに出かけるだろうよ。今はねぇ、遊びに行く気力も出ないのさ。だから真面目《まじめ》に仕事をしてるのさ」

菊野はため息をついた。

「美鈴《みすず》さんが行方《ゆくえ》知れずになってからというもの、魂の空っぽな、人形みたいになっちまったねぇ」

と、そこへ、三国屋の小僧（丁稚《でっち》）が結び文《ぶみ》を持ってやってきた。

「銀八さん宛に、使いの子供が持ってきました」

「あっしに？」

銀八は受け取って文を広げた。

「幸千代《ゆきちよ》様からでげすよ。あっしをお呼びでげす」

銀八は外に出る。雨が降ってきた。

雨は激しさを増してきた。江戸中が雨で煙《けぶ》っている。銀八は傘を傾けて走った。

「あの店でげすね」

掘割沿いに生えた柳の向こうに居酒屋が見えた。昼間から暖簾《のれん》を出している。

銀八は駆け寄って傘をすぼめた。片手で暖簾をあげて店の中を覗《のぞ》き込んだ。

「御免なさいよ。ウチの旦那はおいでですかね」

銀八は幇間だ。客のことは〝旦那〟と呼ぶ。だからそう声をかけると奥から「おう。ここだ」と返事があった。

居酒屋の奥には〝入れ込み座敷〟がある。一段高く作られた床板だ。衝立《ついたて》の陰から幸千代が顔を出した。

銀八はヘコヘコと頭を下げながら歩み寄る。

「銀八でげす。お呼びによって参じましたでげす」

幸千代はたった独りで、手酌で酒を飲んでいた。

「まあ、座れ」

自分の席の向かいを示す。銀八は恐縮しながら入れ込み座敷に上った。肩をすくめて正座する。

幸千代は将軍の弟だ。本来であれば席を同じくすることはできない。しかし幸千代は甲斐《かい》の山村で育った男で型破りだ。そのうえ気が短い。「座れ」と言われたらすぐに座らないと怒りだす。

幸千代は冷やかな顔つきで酒を呷《あお》っている。苦い物を無理やり喉に流し込んでいる、みたいな顔つきだった。

「あの男はどうしておる」

なんの前置きもなく銀八に訊《き》いた。

「ウチの若旦那のことでげすか」

「そうだ。いつも一緒にいるのであろう」

銀八はちょっと悲しげな顔になった。

「若旦那は三国屋の算盤仕事をしていなさるでげす」

「遊興には出掛けぬのか？　あの男が」

「今はこの不景気で、そのうえ日光社参のご用意もあるでげすから、遊び回っているお暇がねぇんでげしょう」

「あの男が、忙しいからといって遊びを怠けたりするものか」

菊野とまったく同じことを言う。

幸千代は窓の外に目を向けた。雨が降っている。

「美鈴は、まだみつからぬのか」

「へい」

「あの娘も、殺したぐらいで死ぬような娘ではないが……」

「あっしも、そう思いてぇでげす」

「公領の役人に命じて美鈴の行方を捜させておる。きっと見つけ出してやるゆえに気を落とすな――と、八巻《やまき》に伝えよ」

「へい。ありがてぇお志《こころざし》でげす」

　幸千代は黙々と酒杯を呷っている。銀八はおそるおそる訊ねた。

「……お話は？」

「それだけだ。あの男がどうしているのか聞きたくなった」

「若旦那を案じてくださっているので？」

「あの男、どうしようもない身勝手で、どんな目に遭おうとも、それは身から出た錆《さび》だ」

「へい」

「放っておけば良い。そう思うのだが、なぜだか放っておけぬ。不思議な男だ」

　それはあなた様も同じことでげす、と銀八は思ったのだが、当然、指摘できるはずもない。

　銀八は、ふと思いついてさらに訊ねた。

「ところで、ここの御勘定は大丈夫なんでげすか？　お財布は、お持ちなんでげすかね」

「そんなものはない」

幸千代はさも当然のように答える。無銭飲食が犯罪だという意識もないのだろう。

やはり放っておいてはいけない人だった。銀八は自分の懐から巾着《きんちゃく》を摑《つか》み出して床に置いた。

「それじゃあ、勘定はここから払っておくんなせぇ」

銀八は土間に降りるとペコリと頭を下げた。幸千代も頷《うなず》き返す。

「八巻に何かあったら、わしの屋敷に報《しら》せよ」

「あなた様のお屋敷ってのは……江戸城内の？」

「そうだ」

それは無茶な話でげす。江戸城に入れるわけがない、と銀八は思ったのだが、やはり、口に出すことはできなかった。

夕刻になった。幸千代は暗い雨の中、一人で傘を差して歩んでいる。着流しに長刀を一本、落とし差しにした姿だ。

「江戸城まで戻るのは億劫《おっくう》だ。今宵《こよい》は甘利《あまり》の下屋敷にでも泊まるか」

勝手なことを呟《つぶや》きながら悠然と進んでいく。今頃、お供の家臣たちが大騒ぎをして幸千代を捜しているはずだが、周囲への気遣いなどはまったくない。自由闊《かっ》達《たつ》に、生きたいように生きている。

日暮れが近い。江戸の町はますます陰気になってきた。ここが本当に江戸なのか、と感じるほどに人気《ひとけ》がなかった。

不景気が続いて商人と職人の活動は少ない。江戸で働いている者たちのほとんどは近郊からの出稼ぎだ。公領の出水《でみず》に対処するため故郷に帰った者も多い。肉体労働に従事する男たちも、公領復興の仕事ができたので地方に向かった。

という次第で江戸の町は不気味に静まり返っている。

幸千代は掘割沿いの道を進んだ。掘割は荷を運ぶための水路だ。商家の荷揚げ場がところどころに広がっている。空の木箱や壊れた桶が転がり、雑草もはびこっていた。

ふと、怪しい風が吹いた。幸千代はピタリと足を止めた。

腰をグルリと巡らせて姿勢を変える。同時に長刀の角度を抜きやすいものへと改めた。

眼光鋭く、広場の薄闇を睨《にら》みつける。

「誰じゃ」

薄闇の中から黒装束の悪党たちが現れた。桶を蹴り転がしながら駆け寄ってくる。幸千代を包囲した。その数は六人。全員が黒頭巾と黒覆面で面相を隠していた。

先頭に立った曲者《くせもの》が叫んだ。

「南町奉行所の同心、八巻だなッ」

目が血走っている。総身《そうみ》から殺気を放ってきた。しかし幸千代は動じない。

「そうだ、と答えたら、なんとするのか」

悪党たちは一斉に刀を抜き放った。

「天誅《てんちゅう》！」

先頭の男が叫ぶ。いきなり斬りつけてきた。頭上高くに振り上げた刀を振り下ろす。

幸千代はサッと体《たい》をかわして無造作に避《よ》けた。同時に鋭く踏み込んで相手の腹に拳《こぶし》を叩き込んだ。ちょうど肝臓のあたりだ。わざわざ刀を抜くまでもない相手だと見て取って、軽くあしらったのである。

「ぐっ！」

肝臓を強打された曲者はたちまち倒れ込む。腹を押さえての七転八倒、苦悶《くもん》しだした。

仲間の曲者たちがどよめいた。噂に名高き剣豪同心の（実は幸千代だが）武芸の凄《すさ》まじさに驚いている。

倒された頭目の代わりに別の悪党が踏み出してきた。背の高い男だ。仲間を励ましている。

「臆するなッ。八巻とて、皆で押し包めば勝てるッ」

幸千代は鬱陶《うっとう》しそうに眉根を寄せた。

「なにゆえつけ狙うのか。そもそもお前たちは何者であるか」

背の高い悪党は刀を正面に構えて吠えた。

「我らは世直し衆！　天下の悪弊《あくへい》を正す者だッ」

悪弊とは、悪い風習や権力者のことだ。

それを聞いた幸千代の目から、たちまち怒りの炎が噴き上がった。

「貴様たちが世直し衆かッ。ならば一切、容赦はせぬ！」

怒りを籠《こ》めて刀を抜き放つ。敬愛する兄の将軍を誹謗《ひぼう》中傷する輩《やから》はけっして許しておけない。鋭い切っ先を世直し衆に突きつけた。

世直し衆も激昂《げっこう》した。背の高い悪党が気合もろともに斬りかかってきた。

「キエーッ！　キエイ、キエイッ」

甲高《かんだか》い声は武芸の世界で〝猿叫《えんきよう》〟と呼ばれる。刀もブンブンと振り降ろされた。幸千代は敵の間合いを素早く見抜いて斬撃をかわしつつ、体を返しざまの素早い一振りで敵の腕の内側を切った。

パックリ開いた切断面から血が吹き出す。腕の腱を切られた悪党は刀を握っていられない。指に力が入らないのだ。刀はガチャリと地面に落ちた。

幸千代は斬った相手にはもう目も向けない。別の曲者に向かって素早く踏み込むと刀を振るう。

「ぐわっ！」

今度は相手の拳を斬った。指が千切れて飛ぶ。刀がまたも地面に落ちた。

幸千代は素早く立ち位置を踏み替える。敵に包囲されているのは事実だ。押し込められないように移動し続けた。

そして刀をスッ、スッ、と振る。曲者たちの手を斬った。浅い傷にしかならないが、それでいいのだ。深く斬ってしまうと相手の身体《からだ》に刀が刺さって抜けなくなる。

手や指を狙って斬られる悪党たちはたまらない。致命傷にはならないが、戦闘能力は奪われる。刀は次々と落下した。

世直し衆は完全に怖《お》じ気《け》づいてしまった。タジタジと後退して逃げ道を探しはじめる始末だ。一方の幸千代はますます両目に怒りをたぎらせて世直し衆を睨みつけた。

「先ほどまでの威勢はどうしたッ。かかってまいれ！」

世直し衆は傷を押さえて後ずさりする。

と、その時であった。

「わたしが相手だ」

凜《りん》と張りつめた美声が聞こえてきた。闇の中から一人の剣士が踏み出してくる。他の世直し衆と同様に頭巾《ずきん》と覆面で顔を隠していた。ただ、布地の色が濃紺なのが特徴的だ。

幸千代は「ふん」と鼻を鳴らして笑う。

「どうやら今度はかなりの使い手のようだな」

立ち姿と足の運びから相手の武芸の力量を見抜いたのだ。並々ならぬ強敵と知って恐れるどころか満足そうに微笑《ほほえ》んだ。手応えのある強敵と渡り合えることが幸千代の喜びなのだ。

紺頭巾の剣士は油断なく歩を進めてきた。他の世直し衆たちは場所を譲って後退した。固唾《かたず》をのんで見守る。

紺頭巾の剣士は幸千代に正面から挑みかかった。刀を抜くと間合いを取って構える。

右肩の上で刀を立てる〝斜め上段〟の構えだ。一刀の下《もと》に斬り捨てる攻撃の構えであった。草鞋《わらじ》の裏をジリジリと擦《す》りながら幸千代に迫ってきた。

幸千代は正眼《せいがん》に構える。こちらは攻守両用の構えであった。刀の先を相手の眉間に狙いをつけつつ間合いを狭《せば》めた。

「ヤアーッ」

「おうっ」

気力と気力の圧《お》しあいだ。

あと一歩踏み出せば刀身が相手に届く。その寸前で牽制《けんせい》し合う。鋭い眼と眼で睨み合う。二人の殺気が激突し、大気もビリビリと震えた。

世直し衆は完全に息を呑んで見守っている。加勢をしてちょっかいを出すこともできない。二人の間に迂闊《うかつ》に割って入れば、瞬時に自分が斬られてしまう。

「ヤ、ヤッ！」

紺頭巾が気合を放った。切っ先が小刻みに上下する。相手の気を乱す策だ。

幸千代の切っ先は少しずつ下がっていく。殺気が膨らみ、いよいよ破裂寸前となった。

瞬時に二人が踏み出した。

「ヤーッ!」

「トワーッ」

斬り下ろした刀が激突した。ギインと凄まじい音が響く。刃を削りながら刀と刀が振り降ろされ、互いの刀に刀身が届く寸前に二人は跳んで離れた。

幸千代はすかさず二ノ太刀を放つ。刀が相手に襲いかかる。紺頭巾は刀で打ち払いつつ鋭く踏み込み、小刻みの斬撃を繰り出した。
キ、キ、キンッ! と金属音が三度して、火花が三回飛び散った。世直し衆の目には止まらぬ素早さで三度の打ち合いがなされたのだ。
「ムウン!」

幸千代は大きく真横に剣を振る。紺頭巾は後ろに跳んで避けた。着地と同時に前に跳び、鋭い突きを放ってきた。全身が一筋の槍と化したかの如《ごと》き刺突《しとつ》であった。

幸千代は素早く身をかわした。が、着物の胸元をザックリと切り裂かれた。

その時であった。大勢が駆けつけてくる足音が聞こえた。

「喧嘩だァ！　侍同士の喧嘩だぞォ！」

提灯《ちょうちん》を手にした男たちが喚《わめ》いている。防火の夜回りの火消したちだった。呼子笛《よびこぶえ》まで吹き鳴らされた。

すぐにも大勢の番太《ばんた》が駆けつけてくるだろう。世直し衆はますます動揺した。

紺頭巾の剣士は幸千代に切っ先を向けつつ周りの者たちに指示を飛ばす。

「お前たちは逃げよ！」

世直し衆たちは大慌てで走り去った。幸千代が追いかけようとするとその目の前に紺頭巾の剣士が回り込んで妨害した。

仲間たちが去ったのを見定めると紺頭巾自身も身を翻《ひるがえ》す。

「待てッ」

追いかける幸千代に目掛けて紺頭巾は手裏剣を投げた。すかさず幸千代が打ち払う。そのわずかな隙を突いて闇の中へと走り去った。

番太が御用提灯《ごようぢょうちん》をかざして駆けつけてきた。番屋に夜通し詰めている者を番太という。

「やいっ、何者《なにもん》でぃ、名乗りやがれッ」

提灯で幸千代の顔を照らした。そして「あっ」と叫んだ。

「八巻の旦那じゃあござんせんか！」

幸千代は訂正するのも面倒なので勘違いさせたままにして刀を鞘に納める。

「するってぇと、逃げてったのは、盗っ人でござんすか？」

「世直し衆だ」

「そりゃあ大変だァ」

番太も呼子笛を吹いて、近在の番屋に異変を知らせた。

火消したちもやってきた。幸千代にヘコヘコと頭を下げて挨拶する。提灯を手にして暗い広場を見て回った。

「うわっ、指が……こんなに落ちていやがる」

乱暴者揃いの火消したちも顔色《がんしょく》がない。

「お、大勢の悪党に取り囲まれて、相手に手傷を負わせるたぁ、さすがは八巻の旦那だ。噂に違《たが》わねぇお腕前でござんすね」

飛び散った指や血飛沫《ちしぶき》を見て身震いを走らせている。

幸千代は胸元を指でまさぐった。着物の切断部分を指で確かめる。

幸千代の顔つきが険しいものへと変わっていく。

「あの太刀筋には覚えがある……。美鈴？　いや、まさか……」

美鈴であるはずがない。しかし疑念は晴れなかった。

二

南町奉行所の内与力《うちよりき》、沢田彦太郎《さわだひこたろう》が、江戸の通りを歩いている。裃《かみしも》姿だ。お供を三人も引き連れていた。

内与力は町奉行の側近。町奉行個人にとっては秘書官であり、奉行所にとっては官房に相当する。他の役所との折衝《せっしょう》も担当した。極めて重い役職だった。

沢田彦太郎は自分自身を〝南町奉行所の看板〟だと自任している。だからこそ常に威厳を保とうと努力もする。道を行く際などは必要以上に胸を反り返らせてしかめツラで歩んだ。

町奉行所の役人が気弱な顔つきで悄気《しょげ》かえっていたら、それを見た悪人たちが舐《な》めきって、跳梁跋扈《ちょうりょうばっこ》を始めるだろう。すると困るのは庶民である。だから沢田がふんぞりかえっているのには相応の正当性がある。

江戸城の堀に橋が架かっている。沢田は橋を渡った。大きな城門がそびえ立っている。ここで沢田は足を止め、大きくため息を吐き出した。

無意識のため息である。自分がため息をついたことに気づいていない。沢田は懐から懐紙《かいし》を引き抜いて、額の冷や汗を拭った。

途端に萎《しお》れた顔つきになる。

「……今日もたっぷり搾《しぼ》られるのであろうなぁ」

心が潰れてしまいそうだ。

老中と諸役人との面談には〝芙蓉《ふよう》ノ間《ま》〟という部屋が使われた。襖《ふすま》に描かれた芙蓉の花は綺麗だが、老中に呼びつけられた緊張で、絵など愛《め》でている余裕はない。この部屋で『綺麗な絵ですねぇ』などと言っていられるのは卯之吉ぐらいのものだろう。

老中の甘利備前守《びぜんのかみ》が入室してきた。沢田は深々と平伏して迎える。

甘利は上座に座ると「オッホン」と咳払いした。

「面《おもて》を上げよ」

「ハハッ」

そうは言われても間違いなくお叱りに呼ばれたのだ。顔を上げるのは恐い。ずっとこのまま面を伏せていたいぐらいだ。恐々《こわごわ》と顔を上げると、すかさず怒声《どせい》が飛んできた。

「手ぬるい！　町奉行所は何故《なにゆえ》、手をこまねいておるのかッ」

「ハハーッ！」

沢田はカエルのように平べったくなった。

「上様はお怒りであるぞッ」

甘利の叱責は続く。

「江戸の市中を荒し回り、のみならず公儀を誹謗《ひぼう》する悪党一味、なにゆえ捕らえることができぬのだッ」

世間では〝世直し衆〟などと尊称されている集団だが、幕府内で〝世直し〟は禁句である。公儀の政治に問題があることを認めることになるからだ。

ただの盗賊なら、将軍や老中が激怒することもない。『世直し』を標榜《ひょうぼう》しているから捨てておけないのだ。もちろん沢田もその辺りの事情は重々承知している。

「我ら一同、八方手を尽くしまして、探索に専心し――」

「その物言い、すでに何度も聞いたッ。口先ばかりで一向に成果が表れぬではないかッ」

「一味の者を何人かは――」

「捕らえたと申すか。皆、自害されてしまい、敵の首魁《しゅかい》やその目的は、わからず終《じま》いであろうがッ」

「ご、ごもっとも……」

甘利は大きく息を吐いた。

「上様のご猶予《ゆうよ》にも限度がある。このわしもじゃ。上様の御前でもうこれ以上、町奉行をかばうことは難しいぞ！」

沢田はギョッとなった。目を泳がせ、冷や汗を流しながら聞き返す。

「と、仰《おっしゃ》いますと……」

「罷免《ひめん》じゃ！　町奉行の首をすげ替える！」

「そっ、その儀ばかりはッ、今しばらくのご斟酌《しんしゃく》を！」

「ええい、聞かぬッ。上様も、わしも、怒っておるのだ！」

「早急《さっきゅう》に、ご満足のいただける成果を上げることをお約束いたしますので、なにとぞ、いましばらくのご猶予を！」

沢田は畳に額を擦《こす》りつけるようにして哀願した。

「なにとぞ！　なにとぞ、ご猶予を願い奉りまするッ」

＊

南町奉行所の同心詰所《つめしょ》で同心たちが机を並べて書き物をしている。皆、無言で陰気な顔つきだ。軽口を叩く者もいない。沈鬱な顔つきで調べ書きの筆を走らせていた。

縁側を渡ってノシノシと重い足音が近づいてきた。内与力の沢田彦太郎がヌウッと顔を出す。逆光になったその顔は黒々として見えた。

「村田《むらた》、わしの部屋に来い。話がある」

低い声で言った。

筆頭同心、村田銕三郎《てつさぶろう》は「ハッ」と答える。沢田は自分の部屋――内与力御用部屋――に戻っていく。

村田銕三郎は腰を上げた。さしもの村田も顔色が悪い。普段なら『手前《てめ》ぇたち、俺が席を外したからって怠けるんじゃねぇぞ』などと小言のひとつも残していくのであるが、今はその余裕もない。無言で詰所から出ていった。

同心の尾上伸平《おがみしんぺい》と新米同心の粽三郎《ちまきさぶろう》は同時に「フーッ」と息を吐いた。

粽は首を横に振る。

「沢田様、ご老中に呼びつけられたんだそうですよ。いよいよコレですかねぇ」

平手で首をスッと撫でる。馘首《クビ》を言い渡されるんじゃないのか、と言いたいのだ。

尾上は眉根を寄せて唇をへの字に歪めさせた。顔中で絶望をあらわしている。

「そうなったら大変だぞ。沢田様は『お奉行が罷免される時は、同心全員に地獄を見せてくれる』と言っていなさるからなぁ」

内与力の権限でどんな嫌がらせを仕掛けてくるのか。想像するだけで同心たちの肝は冷える。

その時であった。ドタンバタンと大きな音が内与力御用部屋から聞こえてきた。ズシンと重い響きも伝わった。同心詰所の柱や天井までもが揺れた。

尾上は思わず立ち上がる。

「沢田様が村田さんを折檻《せっかん》してるのか！」

「村田さんは鉄火頭《てっかあたま》ですよ。叱られて、つい、殴り返しちゃったのかもしれませんね」

大きな物音の連続が、大の大人の殴り合いを想像させた。

尾上は立って廊下に出る。同心たちは急いで沢田の部屋に向かった。

通常であれば廊下で正座してから部屋の中に声をかける。それが礼節だ。しかし今はそんなことを言っている場合ではない。尾上は障子を開けて踏み込んだ。そして「ああっ」と叫んだ。

畳の上に沢田がひっくり返っている。その横に村田が屈《かが》み込んでいた。

「村田さん、やっちまったんですか。仮にも相手は上役なのに……」

村田銕三郎がギロリと睨み返してきた。

「なにを言ってやがる。沢田さんが倒れたんだ。医者を呼べッ」

「倒れた？　沢田さんが？」

「早くしろッ」

どやしつけられて同心たちは急いで部屋から走り出た。

やってきた〝医者〟は卯之吉であった。今日は珍しく同心姿で出仕していたのだ。倒れている沢田を見て、診察を始める。

「お脈を拝見しますよ」

手首を取った。それから銀八に命じて荷物を持ってこさせる。南蛮渡りのステト（聴診器）を取り出して沢田の胸に当てた。この頃の聴診器は円筒形をしている。片方の端に自分の耳を押し当てた。

「心ノ臓はしっかりしていますよ。いびきもかいていない。過労ですね」

村田はホッと安堵《あんど》の顔つきだ。

卯之吉は皆に向かって言う。

「静かに寝かせておいてあげましょう。皆さん、出ていってください。沢田様は泊まり込みで仕事をなさることが多いから、お布団もあったはずですね」

押し入れから夜着（掛け布団）を取り出してそっと被《かぶ》せた。

「これでいいですね」

同心たちはゾロゾロと詰所に戻った。


村田は陰気な顔つきで町奉行所の門を出た。

「沢田様もこれまでかい。そんならオイラもただじゃあ済まされめぇ」

筆頭同心の資格なしとされて無役の同心に降格される。役付きの同心の手伝いに回されることになる。

それでも同心には変わりがない。腐らず務めを果たすのみだ、と自分に言いきかせながら歩いていると、一人の男が擦《す》り寄《よ》ってきた。

「村田の旦那！」

その男、歳は三十代も半ばで軽薄な笑みを浮かべている。縞《しま》の着流しを気障《キザ》に着崩して、とうてい堅気には見えない。

「下ッ引きの次助《じすけ》でございまさぁ。お耳に入れときてぇ話を持ってめぇりやした」

町奉行所が江戸に放った密偵だ。村田は眉をしかめたが追い払いはしない。

「どんな話だ」

次助は手のひらを差し出した。話す代わりに金をくれ、と無言で訴えてくる。図々しい笑みを顔に張りつけていた。

仕方がない。村田は懐から紙入れ（財布）を出すと一朱銀《いっしゅぎん》の一枚を摘まみ出し、次助の手のひらにのせた。

ところが次助は手のひらを引っ込めない。無言の笑顔で『これじゃあ足りない。もっと寄こせ』と迫ってきた。その図々しさには怒るよりも呆れてしまう。

「値打ちのある話なんだろうな」

もう一枚、一朱銀をのせると、次助は「ありがてぇ」と言って手を着物の袖の中に引っ込めた。

「お登勢《とせ》を憶えておいででしょう？　鬼仏《きぶつ》ノ僧兵衛《そうべえ》のイロだった女狐ですよ。僧兵衛一味ン中で、たった一人だけ、捕まっちゃいねぇ悪党だ」

「それがどうした」

「見たんですよ！　あっしのこの目で」

次助は人差し指と中指で自分の両目を指差した。得意げな笑顔で続ける。

「居場所の見当もついておりやす。へへっ。あっしなら、きっと見つけ出してみせるんですがね？」

手のひらを突き出してきた。村田は渋い表情だ。

しかしここで次助を追い払うのも惜しい。追い払えば、別の同心のところへ話を持ち込んでしまうだろう。

「わかった。見つけてこい。首尾よく見つけだしたならば、褒美に一両をくれてやる」

「それなら手付けで二分《にぶ》、おくんなせぇ。見つけた時に、残りの二分を頂戴してぇや」

二分金は一両の半分（二分の一）の値打ちを持つ金貨のことだ。

それだけの自信もあるのだろう。よほどの情報を摑んでいるように見える。村田が二分金を握らせると、次助は上機嫌で走り去った。

「おや。村田の旦那じゃござんせんか」

今度は女の声がした。振り返ると菊野が立っていた。

走り去る次助の後ろ姿に目を向けて眉をひそめる。

「質《たち》の悪そうな男でござんすねぇ」

「ああいう小悪党を手懐《てなず》けておかねぇことには、悪党の隠れ場所も突き止められねぇ。知っての通りに三廻《さんまわ》りの同心（犯罪捜査担当の警察官）は南北の町奉行所を合わせても二十四人しかいねぇんだ」

「目明かしや下ッ引きを銭で雇わなくちゃいけない、ってわけですねぇ」

「そういうことだ。それで、どうなんだい。深川《ふかがわ》の景気は」

「お陰さまで不景気でござんすけどね、急にどうして」

「目明かしや下ッ引きを雇う銭金《ぜにかね》は、江戸三座《えどさんざ》の歌舞伎小屋や、吉原《よしわら》、深川の店から納められるお白州金《しらすきん》（上納金）から出てるんだぜ。お前ェたちの景気が悪いとなりゃあ、町奉行所は盗っ人を捕まえることもできねぇのさ」

「あの小悪党に渡したお金も、元はといえば深川の茶屋から出たお金でしたのかい。お足（金の別称）とは良く言ったものですねぇ。天下を駆け巡ってるよ」

「こっちは銭にもならねぇのに、江戸中を駆け巡ってる。世直し衆を捕まえなくちゃならねぇんでな。それじゃあな姐《ねえ》さん」

「たまには飲みに来ておくんなさいよ。卯之さんの奢《おご》りでもいいんですから」

「ハチマキの奢り？　冗談じゃねぇ」

村田は十手を差し直して歩き出した。

＊

江戸の北部の入谷《いりや》や浅草《あさくさ》には寺院がいくつも集められている。墓地も多い。墓石が無数に立っている。あちこちから香の煙があがっていた。

下ッ引きの次助は村田の耳元で囁くと、約束の二分金を受け取って走り去った。村田はむっつりと黙り込んだまま歩きだす。

村田鋏三郎は墓石の間を縫うようにして歩んだ。水が入った桶を片手に提《さ》げている。桶には小さな花束も突っ込んであった。

着流し姿だ。羽織は着けていない。腰には十手《じって》もなく、刀を一本だけ〝落とし差し〟にしていた。

寺の境内は寺社奉行の管轄で、町奉行の同心が公務で踏み込むことはできない。墓参や法事の際にも、わざわざ巻羽織を脱ぎ、十手を外して同心の身分を隠さなければならなかった。

ともあれ村田は墓地を進む。そして足を止めた。

目指す墓の前に一人の男が立っていた。こちらも羽織を脱いだ着流し姿だ。

「笹月《ささづき》じゃねぇか」

それは北町奉行所の筆頭同心、笹月文吾《ぶんご》であった。村田に気づいて「おう」と顔を向けてきた。

いつでも笑顔の男なのだが、墓の前ですら笑っているように見える。これが地顔だ。笑顔ながらに悲痛と感傷を感じさせていた。

「村田も墓参りか。お前はコイツを可愛がってたもんな」

笹月は墓石に目を向けた。笹月の言う〝コイツ〟は墓の下で眠っている。

村田は墓石の前でしゃがむ。献花して両手を合わせた。暫《しば》しの黙禱《もくとう》だ。

目を開けると笹月が声をかけてきた。

「鬼仏ノ僧兵衛一味の捕り物から十年か。時の流れるのは早いもんだな」

笹月は多弁な質《たち》だ。遠い目をして昔を思い出しつつ、喋《しゃべ》り続ける。

「僧兵衛の正体は将軍家ご祈禱所《きとうしょ》の僧だった。南北のお奉行も腰が引けちまって、俺たち同心はずいぶんと苦労をしたもんだ」

当時のことを思い出すと、村田の顔つきも険しくなる。

村田は立ち上がった。険しい目を笹月に向ける。

「俺とお前が無闇に突っ走ったせいで、コイツが死んだ、って言いてぇのかい」

「済んじまったモンをあれこれ言ったってしょうがねぇさ。俺が言いてぇのは、今も昔も、町奉行所はなにも変わっちゃいねぇ、ってことだよ」

笹月は真面目な面相で村田をジッと見つめ返す。いつも薄笑いを浮かべているこの男にしては珍しいことだ。

「南町のお奉行を罷免する、ってぇ話が出てるんだろう？　北町もだぞ」

「そんな話は、墓前でするもんじゃねぇ」

しかし笹月はチラリと墓石に目を向ける。

「コイツも同心だ。町奉行所の話を語って聞かせるのも供養《くよう》になるだろ。やい村田。俺たちは昔、こいつの墓前で誓ったよな？　町奉行所の旧《ふる》いしきたりと同心を縛りつける悪弊を俺たちの代で正す——ってな。その誓いは守れたのかよ」

村田は答えずにムッツリと黙り込んでいる。笹月は自嘲的に苦笑した。

「あれから何も変わっちゃいねぇ。俺たちは何も変えることができなかった。ご老中も、お奉行も、内与力様も、手前《てめ》ぇの体面ばかり考えて、世の中を良くしようなんてこたぁ、これっぽっちも考えちゃいねぇのさ」

風が吹いて墓に手向《たむ》けた花が倒れた。笹月はしゃがみ込んで花を活《い》け直した。

「笹月」

「なんでぇ」

「愚痴を零《こぼ》すなんてお前ェらしくもねぇ。疲れてるんじゃねぇのか」

「疲れてる？　そうかもしれねぇな。毎日毎日クタクタになるまで走り続けて、働き続けて、それなのに、ひとつも前に進めちゃいねぇ。たいがい草臥《くたび》れもするだろうさ」

笹月は立ち上がった。

「大それた考えだったのかもしれねぇ。俺たち同心風情《ふぜい》がよぅ、町奉行所を変えてやろう、世の中を良くしてやろう、なんてな」

「志を失くしちまったら、俺たち同心は生きている甲斐もねぇぜ」

笹月は「ふっ」と笑った。

「お前ぇは変わらねぇなあ」

「そう言うお前ぇはどうなんだい。南町の下ッ引きが妙な話を持ち込んできたぜ。鬼仏ノ僧兵衛のイロだったお登勢って女がいただろう。鬼仏の一味の中でただ一人、お縄にかかっていない女だ」

「それがどうしたい」

「よく似た女を、お前ェがイロに囲ってるってぇ話だ」

笹月は大きく口を開いてカラカラと笑った。

「馬鹿ァ抜かせ。まともに鼻の利く野郎を下ッ引きに雇えよ。それじゃあな。身体に無理せずやりなよ。おっ？　雨がパラついてきやがったな」

笹月は手に提げていた傘を開くと、村田に背を向けて去った。

三

笹月文吾は小者《こもの》の瀬兵衛《せべえ》を引き連れて江戸の往来の真ん中を歩んでいく。

「……蟬《せみ》が鳴いておるな」

ボソリと呟いた声を瀬兵衛が耳にした。父親の代から笹月家に使える老僕《ろうぼく》だ。

「なんですかい旦那様。蟬が鳴いてるって？」

周囲に目を向け、耳を澄ますが、蟬の声など聞こえてこない。第一、季節が違う。

瀬兵衛が首を傾げていると通りの向こうから北町の若い同心が走ってきた。

「笹月さんッ、木戸番からの注進《ちゅうしん》です。世直し衆らしい黒ずくめの集団が紀尾《きお》井坂《いざか》を走り去るのを見た、って話です」

瀬兵衛は俄然《がぜん》、意気込んだ。笹月に向かって早口で喋る。

「旦那！　紀尾井坂なら町人地は少ねぇや。しらみ潰しに長屋をあたれば、きっと悪党を……旦那？」

笹月はフラフラと歩み続けている。若い同心の報告も、理解したのか、していないのか、よくわからない顔つきだった。

「ちょっと旦那！」

呼び止めても笹月は足を止めない。若い同心と瀬兵衛は顔を見合わせた。

「と、とにかく、私は紀尾井坂に走ります！　笹月さんも来てくださいッ」

若い同心は着物の裾を捲《まく》り上げて走り出す。笹月はその後ろ姿に目を向けようとすらしなかった。

笹月は八丁堀の役宅に戻った。同心の家には玄関などという高級な出入り口はない。台所口から家に入る。

その台所に人の気配はなかった。竈《かまど》に目を向けたが、火はおろか、熾火《おきび》すら見えない。

竈の火は点火するのが面倒臭い。火を絶やさぬようにするのが妻の務めだ。同心の家には来客が多い。町人たちが陳情や相談にやってくる。熱い茶ぐらいは出さないと体裁が悪い。「茶が出てこない」というのは、悪意や敵意のあらわれだと受け止められる。竈の火が落ちて（消えて）いる、というのは同心の役宅にあるまじき醜態《しゅうたい》であったのだ。

瀬兵衛は慌てて竈の前に屈み込んだ。

「すぐに火を熾《おこ》しやすんで」

火打ち石をカチカチと打ちだす。笹月はぼんやりと突っ立っている。

「……蟬が鳴いているな」

ジリジリジリ……と耳元でやかましい。

瀬兵衛は火を熾すので忙しい。

「奥様は、町年寄《まちどしより》のお内儀たちと芝居見物に行ったんでござんしょう」

町年寄は町人社会の顔役だ。町年寄との協力がなくては町奉行所の仕事も成り立たない。

であるから、筆頭同心の妻と町年寄の内儀が仲良くするのも大事な〝公務〟なのだが、いくらなんでも芝居見物はやりすぎだ。外聞も悪い。この非常時に遊び歩くとは何事か、と非難の誹《そし》りは免《まぬか》れない。

笹月は雪駄《せった》を脱いで家に上った。当然、座敷にも人の姿はない。蟬がうるさく鳴き続けるばかりだ。

座敷は障子が閉ざされて薄暗い。今日も天気は悪い。屋内のいたるところに薄闇が広がっている。笹月は刀掛けに刀を置いて座り込んだ。痛む頭を抱え込んだ。

ジージーと蟬が鳴いている。笹月の両耳を責めたてる。

「……なんというやかましさだ。どうしてこんなに蟬が鳴くのか」

笹月は耳を両手で覆った。耳を塞《ふさ》いでも蟬の声はやまない。それどころか、ますます大きく、別の響きを伴って聞こえてきた。

まるで火がついたように鳴き続ける赤子と、赤子を抱いて疲労困憊《こんぱい》の妻。唐突に赤子の声がやんだと思ったら、親戚の老人がヌウッと入ってきた。険しい面相であった。

「お前の子が、死んだぞ」

妻は泣き崩れている。妻の親族が大勢、陰鬱な顔で座敷に集まっていた。そこへ北町の同心が駆け込んでくる。

「鬼仏ノ僧兵衛の隠れ家がわかりました！」

同心たちは屋敷の前の通りを走っていく。捕り物出役《しゅつやく》だ。

妻が泣き腫《は》らした目を向けてくる。赤子が大声で泣き始めた。そんな馬鹿な。愛児は死んでしまったはずだ。妻の親族たちは笹月を凝視している。咎《とが》める目つきだ。笹月は十手を摑み取る。僧兵衛を捕らえねばならぬ。笹月は後ろも見ずに駆けだした。

そして今、暗い座敷には誰もいない。笹月が一人で座っているばかりだ。

「俺は同心だ。ああするしかなかったんだ……」

自分に言いきかせるように呟いた。

小者の瀬兵衛は頰を膨らませて火吹き竹に息を吹き込んでいる。焚《た》き付けの火がようやく薪《まき》に移り始めた。白い煙がモクモクと立つ。

奥の座敷から笹月が出てきた。同心の黒巻羽織を脱ぎ、手には長刀《ちょうとう》を一本だけ握っていた。帯には十手もない。同心としての公務ではなく、私用で外出する際の姿であった。

「お出かけですかい」

「供は、せぬで良い」

フラリと出ていく。後ろも振り返らずに垣根の扉を開けて歩き去った。

「いってぇ旦那は、どうしちまったんでぃ」

瀬兵衛は首を傾げるばかりだ。

江戸はその昔、大河の河口の湿地帯であった。徳川幕府の開闢《かいびゃく》から二百年が過ぎた今となっても、江戸のあちこちに沼や池があった。宅地にできない沼地《ぬまち》は大名屋敷に取り込まれて庭園とされた。あるいは農地の用水池として利用された。初夏の季節は菖蒲《しょうぶ》が咲いて、物見遊山《ものみゆさん》の江戸っ子の目を楽しませもした。

そんな沼に面して一軒の仕舞屋《しもたや》が建っていた。水面を渡ってきた風が軒下の風《ふう》鈴《りん》を揺らしている。笹月はその家の戸を叩いた。

「お登勢、俺だ」

声をかけると奥から返事があった。戸の落とし猿（内鍵）が外される。二十代後半の、痩せた女が顔を出した。

笹月は手荒に戸を押し開けると家の中に踏み込んだ。女の身体を抱きしめる。口を吸った。

「ちょっと、旦那……!」

女が苦しそうに唇を引き離した。腕で笹月を押し返そうとしたが笹月は許さない。女の首筋にむさぼりつく。きつく抱きしめられた女の細い身体が折れそうに撓《しな》った。

お登勢は襦袢《じゆばん》の衿を直し、乱れた髪を手で整えている。笹月はガックリと脱力した。虚《うつ》ろな目を畳に向ける。お登勢は立ち上がり、台所に入って銚釐《ちろり》の酒を温め始めた。

笹月はお登勢に背を向けたまま、小判を後ろに放り投げた。五両ばかりの金が畳にジャランと散らばった。お登勢は一枚一枚、拾い集めた。

小判は台所の棚の壺の中に入れて隠す。燗《かん》のついた銚釐と盃《さかずき》を盆にのせて、笹月のそばに戻った。

笹月はお登勢に背を向けたまま不思議なことを言う。

「このあたりには、蟬がいないのだな」

なぜ唐突に蟬の話などを始めたのか。まったく理解できない。そもそも蟬の鳴く季節ではない。

お登勢は座り、盆を畳に置いた。笹月がこちらを向いて座りなおす。盃を手に取った。お登勢は酌をした。

「捕り物は、よろしいのですか……」

こんな所で自分なんかと酒を飲んでいる場合ではないだろう。世直し衆を捕まえるために同心たちが走り回っている。その程度のことは、お登勢でも知っていた。

笹月は答えない。無言で酒杯を呷った。酌をするお登勢が銚釐を置くことができないほどに立て続けに飲んだ。

「……蟬が鳴いておる」

「なんです？」

「蟬の声の、聞こえぬ所へ行きたい」

ますますわけがわからない。お登勢が首を傾《かし》げていると、笹月が手を伸ばしてきて、お登勢の手を握り締めた。

「金の心配はいらぬ。どこか静かな所で二人で暮らそう」

急に何を言いだしたのか。お登勢は笹月の顔を見つめる。冗談を言っている顔つきではなかった。笹月は本気だ。

驚いた拍子にお登勢は咳き込んだ。

「ゴホッ、ゴホゴホッ」

胸を押さえて苦しんでいると、笹月がいたわしそうな目を向けてくる。

「気候の良い所へ移れば、その咳も、きっと良くなる」

お登勢は咳をこらえて訊ねた。

「同心様のお役目は、どうなさるのです」

笹月は「ふん」と鼻を鳴らす。

「仕事など辞めても金はある。わしには同心の役儀よりもお前のほうが大事だ。お前さえいてくれたなら他には何もいらぬ」

笹月は再び酒を飲む。その横顔をお登勢は見つめた。

葦原《あしはら》の陰に隠れて仕舞屋を注視する一人の男の姿があった。下ッ引きの次助だ。

仕舞屋の障子窓が開いている。笹月と女人《にょにん》の姿が見えた。

「間違いねえ。ありゃあお登勢だ。村田の旦那に報せねぇと……」

身を翻して立ち去ろうとしたその時、目の前に影が立ち塞がった。蛇のように冷たい眼で次助を睨み据えて、ニヤリと不気味な笑みを浮かべた。

「そのほう、町奉行所の密偵でおじゃるな?」

言うやいなや返事も待たずに腰の刀を抜いた。ただ一太刀《ひとたち》の居合斬りで次助を斬った。

次助は沼地に倒れる。腕を伸ばしたが、もう何も摑む力はない。ゴボゴボと泡を噴きながら深い泥の中へと沈んでいった。

清少将《せいのしょうしょう》は懐紙《かいし》で刀を拭うと鞘に納めた。チラリと仕舞屋に目を向ける。

「笹月……不用心な男でおじゃる」

＊

同じ時刻。世直し衆の根城では曲者たちが傷口の痛みに苦悶していた。

蘭方《らんぽう》医術の心得がある濱島与右衛門《はましまよえもん》が作務衣《さむえ》姿で傷の手当てをしている。傷口を糸で縫いつけて晒《さらし》を巻いた。皮膚や肉を針で刺すのだ。手当てを受ける悪党たちが顔を歪《ゆが》ませて悲鳴をあげた。

右手を斬られた男がいた。もはや刀は握れまい。包帯を巻き終えた濱島は男を諭した。

「町方の役人は、手や腕に怪我を負った者を捜している。手の傷は目立つ。すぐに江戸を離れるが良い」

「くそっ、八巻め……」

男は悔し涙を流し始めた。

指や腕の腱を斬られた者は、二度と刀は扱えない。凶刃《きょうじん》を振るうことができなければ悪党として生きてゆけない。まっとうに魂を入れ替えたとしても、力仕事に就くことも難しい。

悪党たちは今後の行く末に絶望している。手当てを終えた濱島も暗い表情で別室に向かった。

奥の部屋にも怪我人がいる。濱島は襖を開けた。

紺色の頭巾を着けた女人が一人で座っていた。いかにも武芸の達者らしい美しい姿勢だ。背筋がスッと伸びている。ただ座っているだけなのにまったく油断が感じられなかった。

濱島は女人の正面に座った。

「頭巾と覆面を外されよ」

言われた通りに女人は布を外した。美しい貌《かお》が露わになる。

美鈴であった。額には晒を巻いていた。表情も普段の美鈴とは一変して険しい。

濱島は訊ねた。

「お加減はどうです」

「大事《だいじ》ない。もう傷はふさがった。昨夜《ゆうべ》の斬りあいでも支障はなかった」

濱島は頷いて、じっと美鈴を見つめた。

「何か、思い出されましたか」

美鈴は首を横に振る。

「何も思い出せぬ。わたしがどこの誰なのか……名はなんというのか……」

思い出そうとすると痛みだすのだろう。美鈴は頭の傷を押さえた。

「ただ……」

「ただ、なんです」

「南町の八巻と向き合った時、わたしの心が激しく波立った。わたしは確かに、あの男を知っている……」

「いかにも。あなたの仇敵《きゅうてき》です」

「あなたは何度もわたしにそう言いきかせた。思い出せぬが、きっと仇敵なのだろう。今も、あの男の面影を思い出すと、わたしの心は苦しくなるのだ」

「南町の八巻は、我ら世直し衆の邪魔をしておるのです。天下を私《わたくし》する権臣《けんしん》、甘利備前守の手先なのだ」

「そなたにとっても敵なのだな」

「いかにも。あなたにとっても不倶戴天《ふぐたいてん》の敵です」

「わかった」

美鈴は、傍らに置いてあった刀を摑んだ。

「次に会った時には……必ず斬る！」

目に殺気をたぎらせた。濱島も大きく頷き返す。

「剣術で八巻を倒せる者がいるとしたら、それは、あなただけでしょう」

二人は激しく見つめ合った。

「さぁ、薬を飲んでください。あなたの身体はまだ本調子ではなく、頭の傷も癒えていない。それほど強く打ったのです。無理をしてはいけない」

部屋の隅に火鉢が置かれている。鉄瓶で湯が沸かされていた。濱島は自分で調合した薬を急須に入れて薬湯を作った。怪しげな薬を湯吞茶碗に注ぐ。

「飲むのです」

美鈴は言われた通りに飲んだ。すると、すぐに眠気に襲われたのか目をトロンとさせて茶碗を取り落としそうになった。

濱島は茶碗を受け取る。敷いてあった布団に美鈴を横たえさせた。

美鈴は濱島に訊ねる。

「わたしは……いったい何者なのか……わたしの名は……?」

夜着《よぎ》をかけてやりながら濱島は答えた。

「美佐緒《みさお》。あなたの名は美佐緒です」

美鈴は安心した様子で頷くと、すぐに眠りに落ちた。

濱島は美鈴の寝顔をじっと見下ろしている。美佐緒とは、死んだ母親の名前であった。

「……母上。今度はわたしを置いてゆかないでください……」

雨が降りだしたようだ。薄暗い障子の向こうから、雨の打つ音が聞こえてきた。

四

江戸の町中では世直し衆に対する厳しい探索が続けられている。

番太と火消したちが集まっていた。番屋の前で村田銕三郎が皆の話を聞いている。

「八巻が悪党どもの腕や手を斬りまくったってのかい」

険しい面相に動揺が加わる。町人たちは皆、八巻のことを剣客同心だと信じているが、身近で見ている同心仲間たちは、まったくそうは思わない。あの卯之吉が悪党たちをスイスイ斬って倒すなど、想像もできない。

同心の尾上伸平もにわかにうろたえた顔つきだ。村田に耳打ちする。

「まさかとは思いますが、幸千代君が夜回りしてるんじゃないでしょうね」

村田は舌打ちでもしそうな顔つきだ。同心たちからすれば「悪党退治の手助けをしてくれてありがたい」とは思わない。厄介《やっかい》の種が増えただけだ。

村田は番太に確かめる。

「悪党どもは、確かに手や腕を斬られたんだな？」

「へい。斬られた指は集めてありますよ」

尾上が大きく頷いた。

「好都合ですよ村田さん。手に怪我をした野郎を捜せばいいんですからね」

「よし！　江戸中の番屋や木戸に報せて回れ。手に怪我をした野郎は、かまわねぇからフン縛《じば》って、番屋に放り込むように伝えろ！」

尾上は「はいっ」と答えて走り出した。

＊

「これが公領の騒動でかかった金の内訳でございます」

卯之吉は分厚く綴《と》じた帳簿を差し出した。

甘利備前守の屋敷である。書院の一室で卯之吉と甘利が向かい合っている。甘利は帳簿を手に取って捲《めく》り、中身を検めた。

公領で利根川の堤が爆破された。悪党の捕縛と堤の修築に金がかかった。その金を幕府に貸したのは三国屋であった。

「財政逼迫《ひっぱく》のみぎり、大きな費《つい》えとなってしまったのう……」

甘利の表情は冴えない。眉間に皺《しわ》を寄せ、丁《ちょう》（ページ）をめくるたびに、いちいち首を横に振った。

「公領の村々を救うためとはいえ、痛すぎる出費じゃ」

ため息とともにパタリと閉じる。それから卯之吉の顔を見て「おや？」と表情を曇らせた。

「そのほう、何かあったのか」

卯之吉は首を傾げる。

「どうして、そんなことをお訊きでございましょうかね」

「どんな時でも呑気《のんき》な顔つきで楽しげに薄笑いを浮かべておるそなたが、今日ばかりは浮かぬ顔をしておるではないか」

「左様でございますかね」

卯之吉は自分の顔を指でなぞった。ちょっと考えてから答えた。

「そう言われてみれば、近ごろ心がめっきり浮き立ちませんねぇ……」

「なにがあった」

「あたしが毎日楽しげにしていられたのは、辛いことや大変なことを、周りの誰かに肩代わりしてもらっていたから、なのかも知れませんねぇ」

「大切な誰かを失ったのか」

「まだ失ったかどうかは定かじゃないんですけどね、行方知れずなんですよね」

「ふむ。気が揉《も》めるであろうな」

甘利は袖の中で腕を組んだ。卯之吉も沈鬱な顔つきだ。

「あたしは、生まれてこのかた、ずーっと呑気に生きてきたもので、こんな時にどうすればいいのかわからないんですよね。甘利様なら、どうなさいますかね」

「なにゆえ、わしに訊ねるのか」

「だって甘利様は、いつも深刻そうなお顔をなさっているじゃございませんか。深刻なお気持ちになった時、どうやって対処なさってるんですかね」

「酷《ひど》い物言いだ」

甘利は思わず苦笑した。

「じゃが、わしにはわからんなぁ。わしは、上様に呑気にお過ごしいただくために働いておる側だからな。行方知れずになったそなたの朋輩《ほうばい》と同じ立場よ。そなたに呑気に生きてもらうために奔走しておる者の気持ちならば、察することもできようものだが」

「左様にございますか」

甘利はちょっと窓の外に目を向けた。

「わしが老中を罷免されたら、上様はいかがお感じになるであろう……。今のそなたのように、少しは寂しく感じてくださるであろうかな」

「罷免とは、なんのお話ですかね」

「世直し衆を捕らえることができなんだら、わしは罷免じゃ。一連の不祥事の責めをわしが一身に負う」

「そんなことには、なりませんよ」

卯之吉がきっぱりと答えたので甘利はちょっと驚いた。

「なにゆえ、左様に言い切れようか」

「甘利様にも、甘利様のために働くお人がついていますから」

「そなたのことか」

「いえいえ。幸千代君や沢田様や南町の同心たちですよ。あたしなんかよりずっと頼りになるお人たちです。まぁ、あたしのことは、あてにしないでくださいましよ」

「そうか」

甘利はゆったりと座り直した。

「頼もしいのう」

＊

お登勢は江戸の目抜き通りを歩いていく。町人地の中心をまっすぐに延びる大路《おおじ》だ。正面に見えるのが数寄屋橋《すきやばし》。渡った先に南町奉行所があった。

息が切れてしまった。お登勢は足を止める。商家の壁際に積み上げられた天水桶《てんすいおけ》に手をかけて息を整えた。

額に手をやると熱が感じられた。全身がだるい。

「ほんのちょっと出歩いただけで息が切れるなんてねぇ。あたしも焼きが回ったもんさ」

休んでいても良くならないことは知っている。お登勢はつらさを堪《こら》えて再び歩きだした。

南町奉行所の門前にたどり着いた。門番が二人、立っていた。

町奉行所は町人のための施設であるので町人の出入りは多い。むしろ武士の出入りのほうが少ない。お登勢が歩み寄っていっても門番は不審には感じなかった。

「お裁きの訴えか。それとも陳情か」

来意を質す。町人の来訪には慣れている。

お登勢は襟元《ただ》に挟んできた結び文を取り出した。

「これを村田銕三郎様にお渡しを願います」

いきなり手紙を差し出されても、これまた日常茶飯事であるらしく、門番は素っ気なく受け取った。

「きっと、お渡しくださいましよ」

お登勢は念を押した。一礼して門前を離れた。

背後で門番の無駄口が聞こえてくる。

「村田さんに付け文なんて珍しいな」

「あの堅物も、人並みに遊んでるってことかい」

愛妾《あいしょう》からの恋文だと勘違いをされたらしい。お登勢はいちいち腹を立てることもない。自分の顔を知っている者に見られたら面倒なことになる。足を急がせたいのだが、全身はますます脱力していくばかりであった。

村田は同心詰所の床に江戸の地図を広げていた。眼光鋭く睨みつけている。これまでに世直し衆が押し入った店には印がつけてある。世直し衆が逃げていった道筋には赤い線が引かれてあった。

逃走の途中で世直し衆は忽然《こつぜん》と姿を消す。いったいどこへ行ってしまうのか。

村田は筆を手に取り、記憶を辿《たど》りながら印を書き込んでいく。その印が何を意味するものなのかは、まだ、誰にも知らせていない。

新米同心の粽三郎が入ってきた。

「村田さん。女が、門前に文を届けに来たそうですよ」

村田はジロリと目を向ける。

「どんな女だ」

「門番が言うには、二十五、六の、凄みのある美形だったそうです。ムフッ。どこの女なんです？」

粽はニヤニヤしている。村田が険しい面相をしていても〝体面を取り繕《つくろ》うために厳しい態度を装っている〟と思い込んでいるようだ。

村田は結び文を受け取った。書面を広げた。

一読するなりその面相に激怒の色が上《のぼ》った。

「馬鹿馬鹿しい！」

「なんです？」

図々しくも粽が覗き込む。村田はクシャクシャに丸めた。

「こんな所で油を売ってる暇はねぇだろう！　町廻りに戻りやがれッ」

怒鳴りつけられて、ほうほうの態《てい》で粽は出ていった。

村田は憤然と座っている。丸めた紙を広げてもう一度読む。それから床の大地図を見下ろすと、大きく息を吐きだした。

＊

卯之吉は甘利の屋敷を後にした。お供の銀八がヒョコヒョコと滑稽な足どりでついてくる。

「若旦那、どうですこれから甘い物でも食べに行くってのは。三河町《みかわちょう》に新しくできた甘味処《かんみどころ》が旨いってんで評判になってるでげすよ！」

明るい声で誘ってみたが、卯之吉は乗ってこない。

「お腹が空いていないんだ。三国屋にまっすぐ帰るよ」

振り返りもせずに歩んでいく。

「困ったでげすなぁ」

遊びに寄らずに帰るのであれば立派なものだ。〃困った〃という話にはならないはずだが、卯之吉に限っては、とても心配になってしまう。

「たまには気晴らしをしねぇといけねぇでげす。お店の仕事ばかりで根《こん》をつめていると気鬱《きうつ》になっちまうでげすよ」

まさか、こちらから卯之吉に遊びを勧めるとは。複雑な気持ちだ。

江戸城を離れて町人地へと入る。卯之吉は力なく歩んでいく。ところが何を見つけたのかふいに足を止めた。

「あのお人、病気じゃないかね。ずいぶん苦しそうだよ」

道の傍らに一人の女人が屈み込んでいる。

なるほど顔色が悪い。ぐったりと俯《うつむ》いている。襟元から伸びた首筋が細い。痛々しく感じられるほどだ。

卯之吉は歩み寄っていった。

「どうしなすったえ」

女人は顔を上げた。ゾクッとするような美女だ。

(まるで美人画から抜け出してきたみてぇでげす)

銀八はそう思った。あるいは幽霊画かも。などと思い、慌てて首を振った。不吉な感想だ。

女人は、他人に関わりを持たれるのが嫌なのか、無理をして立ち上がろうとした。

「大丈夫さ。ちょっと目眩《めまい》がしただけ――」

気丈に振る舞おうとしたが、急に咳《せ》き込んでよろめいた。

卯之吉は手を伸ばして支える。女人の手を握る格好になった。

その手を見て卯之吉の顔色が変わった。だが、すぐに穏やかな笑みを浮かべた。

「無理をしてはいけないねぇ。とにかく今は身体を休めさせないと」

「この町内に良い薬屋があるって聞いてきたのさ」

「薬屋かね。それならあたしの馴染みだね。どれ、一緒に行こうじゃないか。薬の調合は、素人には難しいものがあるからね」

「あんた、お医者様なのかい？」

「そんなような者だよ」

女人には銀八が手を貸す。卯之吉は薬種屋《やくしゅや》の暖簾をくぐった。

店の番頭が愛想笑いを満面に張りつけながらやってきた。

「これはこれは若旦那。いつもご贔屓《ひいき》にありがとうございます」

薬種屋にとっても卯之吉は上客だ。長崎渡りの高額な薬を大量に買いつける。

薬屋は普通、愛想のない商売なのだが、さすがに卯之吉だけは別格らしい。

店の中には薬簞笥《くすりだんす》がズラリと置かれてあった。引き出しごとに紙が張られて薬種の名が書かれてある。

女人は番頭に声をかけた。

「あの、朝鮮人参を――」

ところが最後まで言わせずに卯之吉は「いいや」と制した。

「今のあなたに朝鮮人参は要らないよ」

そう言い切って、番頭に顔を向けた。

「トコンの根と斑猫《ハンミヨウ》を出しておくれ。それと氷砂糖だ」

「ただいまご用意いたします」

薬簞笥に向かって引き出しを開ける。卯之吉は女人に向かって言う。

「他に酢が要るんだが、それは酒屋で買えばいいだろう」

番頭が薬包紙《やくほうし》に包んだ薬種を持ってきた。卯之吉はしっかりと吟味《ぎんみ》して、納得してから包んでもらった。

「お代は月末に取りに来ておくれ」

「毎度ありがとうございます」

卯之吉と女人と銀八は愛想笑いに見送られて表道に出た。

「それじゃあ、あなたのお宅までお送りしようか。……そういえば、名前も聞いていなかったねぇ」

女人もさすがにこの人物が途方もなく風変わりな性格の持ち主らしい、と気づいている。

「登勢って名だよ」

「お登勢さんかい。どちらにお住まいかね。身寄りはいらっしゃるのかい」

「あたしはね、北町の同心、笹月様のイロなのさ」

「イロだって？　ええっ、笹月さんの？」

卯之吉はお登勢の顔をまじまじと見た。

「そうかね！　あのお人、真面目一筋のお役人様かと思っていたけど、意外と艶っぽいところもあるんだねぇ」

卯之吉ならではの感想だろうが「笹月の振る舞いに感心した。その人柄を見直した」という顔つきだ。

お登勢は訝《いぶか》しそうに卯之吉の顔を凝視する。

「あの人を知っているんですかね」

「もちろん知ってますよ。北と南の違いはあっても、江戸の町奉行――」

「ゴホッ、ゴホッ」

咳き込んだのはお登勢ではない。銀八だ。今の卯之吉は三国屋の若旦那であって、道楽で蘭方医術を修めた男、ということになっているのだ。迂闊なお喋りはいけない。

卯之吉は銀八の顔を見た。

「おや？　お前も咳の病かね。今年の流行《はや》りかね」

こちらの気も知らずに呑気なものだ。卯之吉はお登勢を促して歩いていく。家まで送るつもりなのだ。

しかし銀八はホッと安堵する思いでもあった。病人を見て卯之吉はいつもの調子に戻っている。

「やっぱりウチの若旦那は、人助けが本分なのでげすねぇ」

下品に見える金撒《かねま》きも、貧しく困窮した者を救うためにやっている。人助けをしている時にいちばん活き活きして見える。卯之吉とはそういう男だ。

沼地に面したお登勢の仕舞屋に着いた。卯之吉は水面を見渡した。

「結構な眺めですねぇ。じつに良い所だ。だけど病人にとっては少しばかり風が通りすぎるね。身体が冷えるのはいけないんだ」

次に台所に入って湯を沸かし始める。お登勢が慌てた。

「それはあたしがやりますのさ」

「お茶を飲みに来た客じゃないんだ。薬湯を点《た》てるんだからね。あたしの好きにやらせておくれ。銀八、布団を敷いてお登勢さんを寝かせるんだよ」

「へぇい」

「薬研《やげん》はないけど、擂鉢《すりばち》はあるね」

卯之吉は薬種を粉にすると、急須《きゅうす》を使って薬を煮出した。

「さぁ、お飲みよ」

卯之吉が差し出すと、お登勢は全部飲んだ。卯之吉は微笑んで見つめている。

「度胸がおありなさるね」

「どうして」

「病人の中には、医者が出した薬を疑って飲まないお人も多いものさ。あたしだって自分で調合した薬しか飲まないよ。臆病だからね。あなたは自分の家まであたしを連れてくるし、ほんとうに度胸がある」

お登勢は空になった茶碗をそっと盆に置いた。

「あたしが同心のイロだと知って、その家にまで足を運ぶお人に悪人がいるわけないものさ。それに……」

お登勢は小さくため息をついた。

「たとえ、あんたたちが押し込みの大悪党で、この薬湯が毒だったとしても、それはそれで、かまいやしないのさ」

「どうして、そんなことを仰《おっしゃ》いますかね」

「あんた、医者ならわかるだろう？　あたしは労咳《ろうがい》だよね」

労咳とは結核のことだ。当時は死亡率の非常に高い病気であった。

卯之吉は誤魔化すことなく頷いた。

「その指を見てわかりましたよ」

「ほうらね。やっぱりだ」

結核に罹《かか》った人の指は不自然に節くれだつ。

お登勢は捨て鉢《ばち》な顔つきとなった。

「自分でもわかるのさ。もう長いことはないってね。だからさ、悪党に殺されたって同じだって言ってるのさ」

「治らないと決まったわけじゃないですよ。いいえ。治ってもらわないと困ります」

「どうして。あたしみたいな日陰者が生きていたって、世の中は何も変わりゃしないよ」

「あなたがいなくなったら、笹月さんが気落ちなさるでしょう。あたしもね、長い間ずっと近くにいたお人が急にいなくなりましてね。だからねぇ、あなたがいなくなった時に笹月さんがどれだけ悲しむかと思うとねぇ……」

お登勢は黙って俯いた。

卯之吉は、氷砂糖の入った紙袋をお登勢に握らせた。

「身体が弱ったら、これをしゃぶっておくれ。きっと元気が出るからね」

氷砂糖はイギリスの商人が扱う商品で、清国《しんこく》を経由して長崎にもたらされる。当然に希少品で、お登勢は見るのも聞くのも初めてだ。

お登勢は指につまんだ氷砂糖を見つめる。キラキラとして綺麗だ。おそるおそる口に入れる。お登勢の顔に笑みが広がった。

「美味しい……！」

卯之吉も笑顔で頷いた。

「寝る前に、温めた酢で胸を拭《ぬぐ》っておくれ。これもよく効くよ」

銀八が酒屋で買った酢の徳利《とくり》を差し出す。お登勢はちょっとだけ微笑んで受け取った。

＊

日が暮れて風が吹いた。沼地にさざ波が立って葦《あし》の葉が揺れた。お登勢は行灯《あんどん》に火を入れた。台所に下りて竈の火を見る。酒に燗《かん》をつけるため五合徳利の酒を銚釐に移した。

その目が窓障子の外に向けられた。鋭い眼光だ。調味料の壺を載せた棚をまさぐって一本の匕首《あいくち》を摑み取った。

大勢の足音が近づいてくる。障子戸が外からホトホトと叩かれた。

お登勢は鞘《さや》を払って匕首を構える。

「誰だいッ」

「俺だ。落とし猿を外してくれ」

笹月の声だ。お登勢は安堵の息を大きく吐くと匕首を鞘に戻した。戸締まりの落とし猿を外す。戸を開けると笹月が急いで入ってきた。さらには見慣れぬ男たちが五人ばかり、足早に入ってきた。お登勢は笹月に質した。

「この人たちは？」

「俺の仲間だ」

「世直し衆ですか」

お登勢は面々の顔を見た。皆、悪党の面つきだった。とてものこと、大いなる志を掲《かか》げる理想家には見えない。そして全員が揃って手に怪我を負っていた。

笹月は用心深く外の様子を窺《うかが》ってから戸を閉める。お登勢に顔を寄せた。

「この者たちは町奉行所に追われておるのだ。ここで匿《かくま》う」

「ここで？」

「案ずることはない。俺が手引きして他国へ逃がす。北町の捕り方は俺の指図《さしず》で動いておるのだ。見つからぬように図るなど、わけもない」

「だけど南町が来たら……」

「南の同心たちも、北の筆頭同心たる俺には遠慮がある。案ずるな。今までも首《しゅ》尾《び》よく運んできた。俺が南の捕り方の目を余所《よそ》に向けさせておったから、世直し衆は逃げ果《おお》せることができていたのだ」

笹月は戸を開けて外の様子を窺う。誰もいないことを確かめると外に出た。

「頼んだぞ、お登勢！」

戸を閉めて走り去った。足音が遠ざかっていく。

お登勢は無表情に立っている。世直し衆たちは勝手に上がり込むと、気ままに座り込んだ。

「お女中、我らは腹を空かせておる。なんぞ食べる物を頂戴したい」

浪人の男が図々しく言った。

お登勢は無表情のままだ。なにもかも諦めきったような顔つきであった。

五

村田銕三郎はただ無闇に威張り散らしているわけではない。自身が南町奉行所一の働き者だ。自分が普段やっていることを部下にも強《し》いるという、ある意味でいちばん厄介な上司であった。

ともあれ江戸中を走り回って、江戸の出口に同心たちを配置する。東海道《とうかいどう》の出口の高輪《たかなわ》、甲州街道《こうしゅうかいどう》の出口の四谷《よつや》、日光奥州道中《にっこうおうしゅうどうちゅう》の出口の上野《うえの》などだ。自らは中山道《なかせんどう》の出口の本郷《ほんごう》に張りついた。

「手に怪我をしている野郎を見逃すなッ。大番屋に引っ張るんだッ」

捕り方たちが街道の両脇に並ぶ。六尺棒を手にして通行人や旅人に目を光らせた。じつに物々しい雰囲気であった。

尾上伸平は動揺を隠せない。

「まずいですよ村田さん。一人残らずとっ捕まえて、ったって、その中に偉いお旗本や大名家の家臣がいたらどうするんです。『よくも悪党扱いしてくれたな』とねじ込んでこられたら、こっちが腹を切らされますよ！」

村田の形相は変わらない。

「世直し衆を捕まえることができなかったら、俺もお前ェも、沢田様も、お奉行も、ご老中様も、みんなまとめてお仕置きをくらうんだ！　やっても、やらなくても、こっちの首が飛ぶことに変わりはねぇッ」

「そんな乱暴な……」

「世直し衆には、さんざん虚仮《こけ》にされまくったんだ、なんとしてでもフン捕まえねぇことには、こっちの腹の虫が治まらねぇッ」

そう言ってるそばから一人の男が捕まった。半纏《はんてん》を着た職人ふうの男だ。手に晒を巻いている。村田はギロリと眼光を鋭くさせた。ズンズンと男に迫る。

「その手はなんだッ」

職人は身体のガッチリとした強面《こわもて》の男だったが、意外に気弱な性格らしく、村田に迫られて怯《おび》えてしまった。

「これは……一昨日《おととい》の仕事で、積み石に挟んじまったんで……」

「検めろッ」

捕り方に命じる。捕り方は無理やり晒を引き剝《は》がした。職人は悲鳴をあげた。

捕り方が村田に報告する。

「刀の切り傷ではございませんッ」

石で潰されてできた傷だ。村田は「クソッ」と毒づいた。

「行っていい！」

職人にすればとんだ災難だ。こんな調子で村田はビシビシと詮議を続けた。

尾上は首を竦《すく》めている。

「南町の評判と信用が地に落ちちまうよ……。町の娘ッ子たちに白い目で見られるようになったらどうしよう。困ったなあ……」

などと言っていたその時、尾上は街道の向こうから〝手に怪我をした男〟がのし歩いてくるのに気づいた。笠を被り、野袴《のばかま》を着けた旅装の武士だ。

「村田さん！」

村田も「おう」と答える。捕り方に指図して問題の武士を取り囲ませた。

武士は激しく怒りだした。

「なんの詮議かッ。退《の》けィ、武士の前に立ち塞がるとは無礼であろう！」

村田は軽く一礼する。だが、目は武士を睨みつけたままだ。

「南町奉行所同心、村田銕三郎と申す。老中の甘利様より直々に詮議を言いつけられております。大番屋までご同道を願いたい」

「わしは歴《れっき》とした大名家の家中《かちゅう》ぞッ。町方同心風情の詮議を受ける謂《いわ》れはないッ。どうしてもと言うのであれば大目付《おおめつけ》を呼ぶが良いッ。さあ、そこを退《ど》けッ」

村田は一歩も引かない。

「我らが立っているのは天下の大道《だいどう》。江戸市中において街道上の騒ぎを鎮《しず》めるのは町奉行所の役儀。たとえ武士であろうと、大名であろうと、街道上にいる限り、我らの指図に従っていただく！　ご同道を！」

「断るッ」

「ならば縄を掛けまするぞ！」

六尺棒の先が一斉に向けられた。武士は歯ぎしりをして悔しがる。

「腰の物をお預かりいたそう」

村田がそう言うと、武士は帯から長刀を鞘ごと抜いて村田に渡した。

謎の武士は大番屋に連れ込まれた。大番屋には板張りの部屋があって、詮議や留置《とめおき》ができる構造になっている。武士は開き直った顔つきで座っている。ふてぶてしい態度だ。

村田は預かった刀を刀掛けに置いた。謎の武士は脇差《わきざし》だけは帯に差している。曲者であると確定すると脇差も奪われる。

村田は詮議を進めた。

「大名家の家中と名乗られたが、いずこの御家中か」

「答える謂れはないッ」

武士はキッと目を据えて睨み返してきた。

「笹月はおらぬかッ、笹月を呼べッ」

「なんと言われる？」

「北町奉行所の同心、笹月文吾は、当家の江戸屋敷に出入りしておる！　わしとも顔なじみだ。笹月を呼べッ。彼《か》の者がわしの素性《すじょう》を明かしてくれようッ」

村田は尾上に顔を向けた。

「笹月を呼んでこい」

尾上は大番屋から走り出た。

そうは言っても江戸は広い。笹月を見つけて連れてくるまで一刻《いっとき》（約二時間）はかかる。その間は何もすることがなく、村田と謎の武士は延々と睨み合いを続けた。

番屋の障子戸が開いた。ところが入ってきたのは笹月ではなく卯之吉であった。町人姿で、軽薄な薄笑いを浮かべている。村田はちょっと驚いた。

「何をしに来やがった」

「怪我人がいるって耳にしたもので、手当てのお手伝いができれば、と思って参上しましたよ。そちらのお人ですね。うん、新しい晒に替えた方が良いでしょうね。雨ばかり降って湿気が酷い。こういうときは怪我の治りも遅くて膿《う》みやすい。膿《うみ》の毒が回ると腕まで切り落とさなくちゃならないことにもなりますからね」

早口でまくし立てて床に上がってきた。謎の武士も卯之吉の非常識な物腰に圧倒されている。

「そこもとは何者か」

「あたしは蘭方医師ですよ。さぁ、晒を替えましょう」

晒をスルスルと外していく。気合いというものだろうか。卯之吉は医療に関しては押しが強い。武士は為《な》されるが儘《まま》だ。

「ははぁ、これはお刀で斬られた傷ですねぇ」

「薪割りをしていた者に、誤って鉈《なた》で切られたのだ」

すると卯之吉は「ふふふ」と笑った。

「嘘を言っちゃいけません。医者の目は誤魔化せませんよ」

武士の手は、手の甲をザックリと斬られていた。卯之吉は松井春峰《まついしゅんぽう》という蘭方医師の下《もと》で修業をしたのだが、診療所のすぐ近くには剣道場があった。真剣勝負で怪我をした者が年中、診療所に担ぎ込まれてきたので、刀傷は見慣れている。

卯之吉は傷痕を、まるで舐めるようにじっくりと見た。武士は迷惑と困惑と嫌《けん》悪《お》の混じったような顔つきだ。

「実を申せば、我が家中の御前試合で受けた傷なのだ」

「左様でしたか。お相手は名人でございましたねぇ」

卯之吉はさらに顔を近づけた。

「傷を糸で縫ったのは、どちらさまですかね？」

「家中の御殿医《ごてんい》だ」

卯之吉は武士をまじまじと見つめた。

「どちらの御家中と仰いましたっけ？　あたしはその御殿医さんに問い質したいことがあります」

武士は激怒した。

「答える筋合いはないッ。北町の笹月を呼んでまいれッ」

それには答えず卯之吉は、背後に控えた銀八に顔を向けた。

「金瘡《きんそう》の薬を出しておくれ」

「へぇい」と答えた銀八が腰の風呂敷を降ろす。薬瓶を取り出して渡した。

塗り薬を傷に縫って新しい晒を巻く。

そこへ笹月が入ってきた。ようやくの到着だ。武士は大声を発した。

「おう、笹月殿！　南町の同心にあらぬ疑いをかけられておる」

笹月は無言で頷いた。それから村田に向かって言った。

「こちらの御仁《ごじん》ならばよく存じておる。世直し衆《くみ》に与することなどありえぬ」

村田は「ムッ」と顔をしかめた。

笹月は武士に歩み寄って一礼した。

「ご迷惑をおかけいたした。後のことはこの笹月が始末いたします。どうぞお引き取りください」

武士は「うむ」と頷くと立ち上がった。

「わしの刀を返せ！」

村田が刀掛けから刀を取って渡す。武士は「フンッ」と鼻息を荒《あら》らげながら腰に刀を差した。

「今度のこと、当家の江戸屋敷より町奉行所へ苦情が入るであろう！　その首を洗って待っておれ！」

村田を怒鳴りつけると肩をそびやかしながら大番屋を出ていった。

笹月は顔をしかめて武士の背中を見送った。罪の意識と後悔に苛《さいな》まれているような顔つきだ。だが、すべてをふりきったように笑みを浮かべた。

「とんだ勇み足だったな村田。今は南のお奉行の馘首《クビ》もかかってる。焦る気持ちもわからねぇじゃねぇが、用心しなくちゃいけねぇぜ」

そう言うと、フラリと大番屋を出ていった。

村田の表情はますます憎々《にくにく》しげに歪んでいく。その耳元に卯之吉がスッと寄ってきた。

「さっきのお侍ですが、後を追《つ》けたほうがよろしいですよ」

村田はジロリと卯之吉を睨んだ。

「どうしてだ」

睨みつけられても卯之吉は涼しげな笑顔だ。

「あのお侍様が世直し衆かどうかはわかりませんけどねぇ、手の傷を縫ったお医者は世直し衆の一人ですよ。あの縫い方には見覚えがあります」

「どこで見たッ」

「世直し衆の押し込み先で斬られた番頭さんがいたでしょう？　その傷を、別の世直し衆が縫ってくれたっていう話でした。縫い針の運び方がまったく同じですよ。同じ人が縫って治療したんです。医者のあたしが言うんだから間違いないです」

「お前ェは同心だろうが！　やいっ、粽！」

粽三郎と町奉行所の小者たちに指図を飛ばす。

「粽はあの武士の後を追えッ。他の者は、道々《みちみち》の番屋に先回りをして番太に報せろッ。目を光らせるように伝えて回れッ」

「へ、へいっ！」

粽と小者たちが一斉に走り出ていった。

村田は憤然として、立ったまま考え込んでいる。

「……すると、笹月はどうなるんだい。まさか……敵に寝返ったってのか」

卯之吉はちゃっかりと上がり込んで、火鉢の横にチョコンと座っている。番茶を入れた湯呑茶碗まで手にしていた。

「笹月さんが裏切ったとまでは言えませんねぇ。あのお侍様が仕えている大名家の御殿医さんが一味なのかもしれませんしねぇ」


謎の武士は道を急いでいた。何度も振り返っては背後を確かめた。始終《しじゅう》オドオドビクビクしている。武士の威厳などまったくない。

「いや、ここまで来れば、もう安心だろう」

巣鴨《すがも》の庚申塚《こうしんづか》の前を通りすぎた。南北の町奉行所の同心が警察権を行使《こうし》できるのはこの辺りまでだ。この先の板橋宿《いたばししゅく》に逃げ込めば、同心たちはもう、追っては来れない。ひとまず安心だ、と、武士は大きく息を吐いた。

見渡せば王子《おうじ》の田圃《たんぼ》が広がっている。江戸の喧噪《けんそう》はどこにもない。王子の名物は〝狐の嫁入り〟だ。遠くの灯火が光の屈折現象で分裂して見える現象なのだが狐のせいだとされていた。それぐらいにこの一帯には、見晴らしが良くて野狐が生息する原野が広がっていた。

武士は腰から下げた竹の水筒の口を開ける。水を飲んで一息ついた。

突然、背後の草むらが揺れた。武士は仰天《ぎょうてん》して飛び退いた。草むらから出現した人影を凝視する。

「しょ、少将殿……？」

顔に白粉《おしろい》を塗った男が現れた。さすがに貴族の装束《しょうぞく》ではない。塗笠《ぬりがさ》を被り、武士の扮装をしている。ニヤリと笑うといきなり太刀《たち》を引き抜いた。

「しょ、少将殿ッ」

武士は後退《あとずさ》る。少将はズンズンと歩み寄ってきて、そのまま武士の前を走り抜けると、向こうにあった草むらを斬りつけた。

「ぎゃあっ」

悲鳴が上がる。深々と斬られた男が悶《もだ》えながら道に出てきて、バッタリと倒れた。路上に血飛沫が広がった。

武士は歩み寄って覗き込む。相手はすでに事切れていた。

「これはいったい……」

少将は血のついた刀をダラリと下げたまま、気《け》だるげに答える。

「町奉行所の小者じゃ。お主、追《つ》けられたのでおじゃるよ」

「なんと、油断であった……！」

「いかにも油断。間抜けな男じゃ。麿《まろ》は、かような油断は許さぬでおじゃるぞ」

いきなり刀で武士の胸を貫いた。

「な、なにをするッ」

「口封じに決まっておじゃろう」

少将はグイッと刀を深く突き刺した。

粽が走ってきた。街道上に倒れた小者と武士を発見する。二人ともすでに事切れていた。

「しまった……！」

粽は周囲に目を向ける。誰の姿も見当たらない。

＊

笹月は用心深く周囲の様子を窺《うかが》いながら走ってきた。お登勢の暮らす妾宅《しょうたく》にもまっすぐには向かわず、沼地の葦にいったん身を潜めて目を凝らし、耳を澄まして、人の気配のないことを確かめた。

仕舞屋の戸を急いで開けて中に入る。そしてギョッとなった。

部屋の中に、血まみれの男たちの死体が転がっていた。無惨な惨殺体で壁にも床にも血が飛び散っていた。

そんな中にお登勢が一人で座っている。虚《うつ》ろな目を向けてきた。

笹月は駆け寄った。

「お登勢！　大事ないかッ」

「ああ旦那。お帰りなさい。今、お茶を淹れましょうね」

立ち上がって台所に向かおうとする。笹月はその肩を摑んで揺さぶった。

「しっかりしろッ」

「しっかりしていますよ。あたしは鬼仏ノ僧兵衛のイロだった女さ。十六の頃から人が殺されるのを何度も見たんでござんすよ。死んだ男の隣で寝たことだってある。こんなことで、いちいち驚いたりはしないのさ」

「この死体は、なんなのだッ」

「少将様ですよ。押し込んできて殺したんです。口封じだって言ってましたよ」

「なんてことだッ」

「どうしましょうかね、この骸《むくろ》」

笹月は蒼白な顔で首を振る。

「こ……今宵《こよい》の大仕事で大金が手に入る。さすればもう、江戸とはおさらばだ」

自分に言いきかせるように言った。

「このままにしておいていいんですか」

笹月はお登勢の肩を摑んだ。

「上方《かみがた》に逃げよう。遠い町で暮らすのだ」

「悪党として生きるおつもりなんですか……」

「お前と二人なら、それもよかろう。後悔はない！」

笹月は叫ぶと、仕舞屋を出ていった。

お登勢は框《かまち》に座り込み、小さくため息をもらした。

六

夕刻、同心たちが南町奉行所に戻ってきた。皆、疲労しきった顔つきだ。手柄になりそうな話は誰も摑んでいない。なかでも尾上が憔悴《しょうすい》しきっていた。

「巣鴨や王子だけじゃなく、板橋宿の宿場役人にも報せましたが、下手人《げしゅにん》の行方はまったくわからず……」

「クソッ、口封じされたうえに逃がしたってのかッ」

村田は怒髪天《どはってん》を衝《つ》く勢いで怒っている。

尾上は村田の激怒ぶりに怯えながら報告を続ける。

「江戸市中に配置した小者や目明かしたちも、『手に怪我をした者なんか一人も通らなかった』って言って寄越《よこ》しました。曲者たちは全員、口封じをされちまったんじゃないのかと」

「笹月はどうしたッ。あの侍がどこの大名家の家中だったのか、訊いてこいッ」

今度は粽が冷や汗まみれの顔を下げる。

「それが、どこにも見当たらないんですよ。……まさか、笹月さんまで口封じされたんじゃ……」

「縁起でもねぇこと言うんじゃねぇッ。よく捜してこいッ。奴が立ち寄りそうな場所をしらみ潰しに当たるんだッ」

「はいッ」

粽が走り出ていく。村田は憤然と鼻息を吹いた。

同心詰所の長火鉢の前では、一人、卯之吉が熱心に薬研を使っている。薬研とは、薬種を擂《す》り潰して粉末にするための道具だ。

卯之吉が非常識なのはいつものことなので、村田も何も言わない。捕り物に口を突っ込んでこられるとかえって面倒事が増えるので、好き勝手にさせているのだ。

そこへ荒海《あらうみ》ノ三右衛門《さんえもん》が顔を出した。手には結び文を持っている。

「旦那。使いの小僧がこいつを届けてきやした。門前に立っていたあっしを町奉行所の者だと心得違いしやがったんでしょう」

卯之吉は縁側まで進んで受け取る。

「ごくろうさま。おや？　村田さん宛ですよ」

村田は受け取って文を広げた。卯之吉は興味津々に覗き込もうとする。

「付け文ですかね？　村田さんも隅に置けませんねぇ」

村田の目つきは鋭い。文を読みくだすに連れてますます険しくなってきた。

「馬鹿野郎、こいつはそんな艶っぽい文じゃねぇ！」

村田は立ち上がると同心詰所の床に広げてあった地図を摑み取った。足音も荒々しく、沢田彦太郎の御用部屋に向かった。

「ご無礼つかまつる」

村田は御用部屋にズカズカと踏み込み、沢田の正面に座った。

「密告状が届けられました」

問題の結び文の広げたものを差し出す。

「今宵、子《ね》の刻《こく》、三河町の商家、松前屋《まつまえや》に押し込むと記されてあります」

沢田彦太郎は受け取った密告状に目を落とした。疑わしげな顔つきで首をひねる。

「差出人の素性も定かではない書状など、あてになるのか？　悪戯《いたずら》かも知れぬではないか」

「まことに世直し衆の縁者より届けられた密書に相違《そうい》ござらぬ」

「仮にそうだとしても、捕り方を引きずり出すための策かも知れぬぞ。我らを三河町に釘付けにして、その隙に別の場所で悪事を働くことも考えられる」

村田は同意しない。沢田彦太郎を睨みつけている。梃子《てこ》でも動かぬ構えだ。

「何故そこまで、この密書を信用するのだ」

「実は先日、別の密書が届いておりました。同じ者の手による書き文字です」

村田は皺だらけの紙を袂《たもと》から出して沢田に示した。

一読して沢田の顔色も変わる。

「これは確かか？」

村田は血走った目を沢田に向けたまま頷いた。

「これをご覧くだされ」

江戸の大地図を沢田の前に広げる。

「赤く引かれた線は、押し込み先から逃げる世直し衆の通った道筋でござる。我らが見失った場所まで、線を引いてあります」

沢田彦太郎は地図を凝視する。

「見失う直前に黒丸の印がつけてあるが、これはなんの印だ」

「賊を追う我らと、北町の笹月とが出合った場所にござる。笹月は我らに嘘を教えて曲者どもの逃亡を手助けしました。この密告状を届けた者は、嘘偽りを書き記してはおりませぬ！」

「あいわかった！」

沢田彦太郎は立ち上がった。

「捕り方を集めよ！　捕り物出役じゃ。わしはお奉行の許しを得てまいる！」

村田銕三郎は「はっ」と答えて低頭した。

町奉行所内が急に騒がしくなった。小者たちが走り回っている。

卯之吉は縁側にチョコンと座って湯呑茶碗の茶をすすっていた。

「いったい、なんだろうね」

三右衛門は袖を大きくまくり上げる。

「捕り物ですぜ！　腕が鳴りやす！　あっしも子分どもを集めてまいりまさぁ」

鼻息も荒く走り去った。

「やれやれ。物騒《ぶっそう》なことだねぇ」

卯之吉は茶を飲み続ける。その目の前を捕り方たちが六尺棒や刺股《さすまた》を担《かつ》いで走っていった。

＊

闇の中を黒装束の男たちが走ってきた。全員が黒頭巾と覆面で顔を隠している。足音はまったく立てず、気配も殺して、商家の立ち並ぶ町に入った。

道の四つ角から黒巻羽織の同心が現れた。

曲者たちは同心の前に駆け寄って頭を下げた。

その同心——笹月文吾は、一同をじっくりと見回してから頷いた。

「いつものように退路は俺が確保する。逃げる道を間違えるなよ」

つづいて腰の十手を抜いた。悪党の一人に渡す。

「これを使え」

悪党は恭《うやうや》しく受け取った。

「お預かりいたす。必ずお返しする」

身分は浪人であるらしく、十手の価値に敬意を示した。ところが笹月のほうは吹っ切れたような顔つきだった。

「返さずとも良い。もう俺には必要のない物だ。掘割にでも投げ捨ててくれ」

笹月は身を翻して立ち去る。悪党たちは再び無言で走り出した。

悪党たちは一軒の豪商の前に集まった。軒看板《のきかんばん》を見上げて確かめて、皆で頷き交わした。

笹月文吾から十手を預かった浪人は、商家の表戸に歩み寄った。

戸は分厚くて頑丈で、容易に壊せるものではない。仮に壊そうとしたならば、大きな物音が立つだろう。

浪人は戸をドンドンと叩いた。

中から返事があった。番頭か手代であろうか。

「こんな夜更けに、どちら様でございましょう」

浪人は堂々と名乗った。

「北町奉行所の者である。戸を開けよ。この店の中に世直し衆の一味が忍び込んだとの報せがあったのだ！」

「ま、まことでございますか」

覗き窓が内側から開けられた。お店者《たなもの》の目が見える。外の様子を窺っている。

浪人は笹月から預かった十手を突き出した。

お店者は本物の十手を見て、たちまち騙《だま》されたようだ。

「お、お役目、ご苦労さまに存じます！　ただいま戸を開けます」

くぐり戸が開けられた。同時に浪人は刀を抜いて踏み込んだ。鋭い切っ先をお店者に突きつける。

お店者は仰天して腰を抜かした。へたりこんでいなかったら、刀で突き刺されていたかもしれない。悪党の集団が店の中にドヤドヤと走り込んできた。

浪人は刀をお店者に向けたまま凄《すご》みを利かせた。

「我らは世直し衆！　手向かいをせぬなら命までは取らぬ。金はどこにある！」

お店者は震える指で店の奥の板戸を示した。浪人は大きく頷いた。

「行けッ」

仲間に命じる。悪党たちは土間から床に飛び上がり、奥の板戸に手を掛けようとした。

その瞬間！　板戸が向こう側から押し倒された。隣室には大勢の捕り方が潜んでいた。龕灯《がんどう》の蓋が外され、眩《まばゆ》い明かりを向けられる。世直し衆は目を眩《くら》ませた。

真ん中に立った男が叫ぶ。

「南町奉行所、内与力、沢田彦太郎であるッ！　悪党ども、もはや逃れようもないぞ。神妙に縛《ばく》につけィ！」

同心の尾上と粽も十手を構えた。白鉢巻きと襷《たすき》の姿だ。捕り方たちも一斉に刺股を悪党に向けた。

「お、おのれッ、ここで捕まってなるものかッ」

浪人が吠えた。世直し衆も刀を構える。

沢田は指揮十手を振り下ろした。

「かかれっ」

捕り方たちが踏み出した。世直し衆も迎え撃つ。たちまちにして狭い店先での大乱戦が始まった。

刀と十手がぶつかり合う。同心たちが真っ正面から刀を受けている間に、捕り方は六尺棒や刺股で曲者の足を狙った。脛《すね》を叩いて転ばせた。

浪人は「くそっ」と叫んだ。多勢に無勢だ。捕り方たちは準備万端で待ち構えていたのだ。一方の世直し衆は思わぬ展開に驚き慌てている。地に足がついていない。

「て、手筈《てはず》どおりに逃げよッ」

戦意を喪失して逃走にかかった。世直し衆は懐から目潰しを取り出して投げつける。灰と辛子《からし》粉《こ》を混ぜた物が紙に包まれてあった。

目と喉に染《し》みる粉が飛び散って同心と捕り方が怯《ひる》んでいる隙に、脱兎《だっと》の如くに走り去る。

「追えッ、逃がすなッ」

沢田彦太郎が咳き込みながら叫んだ。

世直し衆は暗い夜道を走っていく。同心と捕り方は必死で追った。

捕り方たちは重い刺股や、走るのに邪魔な六尺棒を携えている。身軽に逃げる世直し衆に距離を離されてしまった。粽が焦る。

「追いつけませんよっ」

尾上は地面を指差した。

「足跡を見逃すな！」

湿った地面についた足跡を追って走ると、向こうから笹月文吾がやってきた。

「お前ェたち、南の捕り物かッ。曲者どもを追ってるのかッ」

尾上が叫び返す。

「笹月さん！　曲者を見ませんでしたかッ」

「おう、見たぜ！　黒装束が十五人ばかし、その角を曲がっていきやがった」

「笹月さん、足跡はまっすぐに残ってますよ」

「それは昼間の足跡だろう。こっちに曲者は来ちゃいねぇ。俺はこっちから来たんだから間違いねぇぜ！」

尾上と粽は顔を見合わせて頷いた。尾上は笹月の示した方角に十手を向ける。

「行くぞ！」

捕り方たちに命じて走り去った。

その様子を笹月たちが見送る。物陰や草むらなどに隠れていた世直し衆が現れた。

「危ないところで助かったぞ」

浪人が言った。

笹月は確かめる。

「金はどうした。盗み取ることができたのか」

「我らは待ち構えられておったのだ。金など奪う暇はない」

「それでは困るぞ。他国で安穏《あんのん》に暮らすためには、まとまった金がいるのだ」

「そんなことを言っておる場合か！　早く我らを逃がせッ」

笹月は歯噛みした。

「仕方がない。こっちだ！　河岸に舟を用意してある」

笹月は身を翻して走り出した。掘割の船着場に向かって延びる小道を進もうとした。

その目の前に一人の俠客《きょうかく》が立ちはだかった。

「ここから先へは行かせねぇよ」

斜めに身構えて、不敵な面構えを向けてくる。さらには子分のヤクザ者たちが現れて世直し衆を取り囲んだ。

突然のことに笹月も焦りを隠せない。

「な、何者だッ」

俠客は大きく胸を張って答える。

「南町奉行所一の切れ者同心の八巻様に従う一ノ子分、荒海ノ三右衛門とその一家だ！　やい悪党ども、手前ぇらの悪巧《わるだく》みなんざ、とっくの昔にネタが割れてるんだぜ。神妙にお縄を頂戴しやがれッ」

闇の中から卯之吉が現れた。

「どうしてあたしまで駆り出されるのかねぇ？」

首を傾げた薄笑いの顔を見て、世直し衆の何人かが悲鳴をあげた。

「八巻だァ！」

あの夜に幸千代と戦ったのであろう。卯之吉のことを幸千代と間違えた挙げ句に、その凄まじい剣術を思い出し、恐怖に震え上がった。

しかし、全員が身を竦《すく》ませたわけではない。歯噛みしながら立ち向かってきた者もいた。

「おのれッ、かくなるうえは血路《けつろ》を切《き》り拓《ひら》くまでだ！」

浪人が刀を振るって三右衛門に斬りかかる。三右衛門は腰の長脇差を抜いて応戦した。ガチンッと金属音を響かせながら受け止めて、鼻息も荒く押しあった。

荒海一家の子分たちも長脇差や匕首を抜いて責めかかる。世直し衆を取り囲み、斬りかかり、殴りつけ、蹴り倒した。

卯之吉は高みの見物——といった風情だ。

「皆さん、乱暴者揃いだねぇ。困ったことだよ」

隙だらけの立ち姿だが、卯之吉に斬りかかる世直し衆は一人もいない。幸千代と対決した記憶が悪党を怯《おび》えさせている。お陰で今夜は立ったまま気絶することもなかった。

荒海ノ三右衛門は敵の斬撃を力任せに打ち払う。相手が体勢を崩した隙に、

「どおりゃあッ」

長脇差で斬りつけた。しかしまったく斬れない。不思議に思って刀を見れば激しく刃こぼれをしている。鍔迫《つばぜ》り合いで削ってしまったのだ。まるでノコギリのようである。これでは切れない。

三右衛門は長脇差を投げ捨てると拳骨《げんこつ》を振るった。ボカッと殴って浪人を倒した。

荒海一家は六尺棒で足を狙って悪党たちを次々と転がす。何人もで馬乗りになって押さえ込み、無理やりに縄を掛けていく。

笹月は一人でこっそりとその場を離れた。乱闘の喧噪に紛《まぎ》れて逃げていく。

「こんな所で終わってたまるかッ。俺はお登勢と所帯を待つのだッ」

月明かりもない真っ暗な夜道を逃げていく。石に躓《つまず》いて転んだ。

「くそっ」

毒づいて立ち上がろうとしたその目の前には、雪駄を履いた男の足があった。

笹月は仰天して見上げた。

「む、村田……！」

村田銕三郎が立っている。無言で笹月を見下ろしていた。捕り方が龕灯を手にしてやってくる。笹月の姿を照らし出した。

笹月は慌てながらも、急いでこの場を取り繕おうとした。

「村田ッ、あっちで捕り物だ！　お前ェの配下の八巻が世直し衆と戦っていやがる！　すぐに駆けつけてやってくれッ」

村田の眉間に皺が寄った。おそろしく不機嫌な顔つきだった。

「見苦しいぜ笹月。お前ェの正体は割れたんだ」

「な、何を言ってる。何を証拠に、そんな無体を……」

「証拠はこの密告状だッ。手前ぇの正体も、企んでいやがった悪事も、世直し衆を逃がしたからくりも、ぜんぶ注進されてるんだぜ！」

村田は「読め！」と言って差し出した。受け取って目を向けて、笹月はますます動揺した。村田は叫ぶ。

「その字に見覚えがあるだろう。お前ェが密かに囲っていた愛妾《イロ》が書いた字だ。お登勢が書いた密告状なんだよ」

「お登勢が……俺の悪事を南町に指《さ》したださッ。馬鹿を言えッ、誰が信じるものかッ」

「本当の話ですよ」

お登勢の声がした。闇の中から病にやつれた女が姿を現した。

「あたしがお報せしたんです」

笹月は愕然とする。

「お登勢……、どうしてここに」

お登勢は切なそうな目で笹月を見つめた。

「世直し衆の悪党がお縄にかかるところを見に来たんですよ。だって、あたしが密告した悪党だもの」

笹月はうろたえた。お登勢と村田の顔を交互に見た。お登勢も村田も何も言わない。

笹月は激怒した。お登勢に詰め寄る。

「なぜ俺を売ったのだ！　俺は、お前を幸せにしてやりたい、その一心だった！　金を盗んで回ったのも、他国でお前と所帯を持つためだ。俺の気持ちがわからぬのかッ。いつまでも日陰者の身では可哀相だ。陽の当たるところへ出してやりたい。俺は、本当の夫婦になるつもりだった！　そのためには俺とお前の素性を知られぬ場所で暮らさなければならない。この道理が何故わからぬ！」

「わかってましたよ。あたしはね、それがどうにも嫌だったのさ」

「なにが嫌だッ」

お登勢はキッと笹月を睨みつけた。

「あたしはね、北町の筆頭同心、笹月文吾のイロだよ！　日陰者だからなんだってのさ。馬鹿にすんじゃないよ！　あたしの旦那は同心様なんだよッ。誰が、小悪党の女房になんかなるもんか！」

「お、お登勢……」

「あたしは十六の時に鬼仏ノ僧兵衛に拐《かどわ》かされて、無理やりイロにされたんだ。悪党たちに交じって生きるしかなかったんだよ。それをあんたが助けてくれた。本当だったらあたしも牢屋送りさ。それもあんたが助けてくれた。匿ってくれたんだ。あたしは本当に嬉しかったよ。そりゃああたしは世間に顔向けできないお尋ね者さ。だけどそれでも良かったのさ。悪党仲間と縁を切ることができたんだ。そのうえにさ、あたしの旦那は同心様なんだよ。あたしがどれだけ誇らしかったか、あんたにわかるかいッ」

感情を激発《げきはつ》させて叫び散らしたせいで、お登勢の肺が破れた。お登勢は激しく噎《む》せて血を吐いた。

駆け寄ろうとする笹月を手で制する。恨めしげな目を向ける。

「あたしの命は長くないよ。あたしは最期まで北町奉行所の筆頭同心、笹月文吾のイロでありたいんだ。小悪党の女房になって死ぬなんてまっぴら御免なのさ」

お登勢は着物の乱れを正してその場に正座した。村田に向かって両手をついて低頭する。

「この男が、お尋ね者の世直し衆にございます。どうぞ捕まえておくんなさい」

村田は頷いた。

「義心よりの注進、褒めてやるぞ」

捕り方たちに手を振って合図する。無言で『笹月を捕らえよ』と命じた。捕り方たちが笹月に殺到した。

笹月が刀を抜いた。捕り方は慌てて後退る。笹月は無言で刀を自分の腹に突き刺した。真横に切ってから引き抜いて、次には首を掻き切った。

捕り方たちがどよめく。笹月は真後ろに倒れた。

笹月は虚ろな目で村田の姿を探した。

「……村田、頼む。お登勢だけは……見逃してやってくれ……」

笹月は大量の血を一度に流し、すぐに動かなくなった。

捕り方たちは戸板に笹月の死体をのせた。板の端を握って運び去る。その後ろ姿を村田鉄三郎とお登勢が見送った。

「本当に馬鹿な男でしたよ。どんなことでも一度決めたら曲げない性分なのさ。とことん最後までやり遂げないと気が済まない。そういうお人でしたよ」

お登勢は微かに苦笑した。

「そういう性分だから、同心のお務めに疲れ果てちまったんでしょうねぇ。たまには怠《なま》ければ良かったのさ。袖の下が目当ての悪徳同心でもよかったのにさ」

お登勢は村田の顔を見上げた。

「笹月の旦那は、ああ言い残していきましたけれど……あたしのことは、お見逃しくださるんでしょうかね？」

「それはできねえ相談だ。お前ェはお尋ね者、鬼仏一味の最後の一人だ。お前ェのこともお縄にかける」

お登勢は「ふふっ」と笑った。

「そうくるだろうと思ってましたよ。あんたもウチの旦那と同じさ。融通《ゆうずう》が利かず、曲がったことの大嫌いなお人さね。その性分のせいで弟みたいに可愛がってた同心様を死なせ、手に怪我を負ったんだろう。ウチの旦那から聞いたのさ。南町の村田は、同心の中の同心だってね。あんたほど信用できる男はいないってさ。だからね、あたしやウチの旦那を、見逃してくれるはずがないのさ」

村田は「行け」と命じた。お登勢は番屋に向かって歩きだした。

＊

三国屋の座敷に卯之吉は毛氈《もうせん》を広げた。重い薬研を運んできて、毛氈の上に据える。それから蘭書《らんしょ》を手に取って、オランダ語で書かれたページを読んだ。

白い小皿の上には乾燥させた薬草や辰砂《しんしゃ》などの鉱石がある。分量を精密に計るための天秤《てんびん》も用意してあった。

卯之吉は蘭書をパタリと両手で閉じた。ほんのりと笑みを浮かべる。

小皿に取り分けた薬種を薬研に入れると擂り潰し始めた。

庭に銀八が入ってくる。

「若旦那、今、南町奉行所からのお報せが――」

「待っておくれな。今、調薬のいちばん大事なところなのさ」

ゴリゴリと薬を潰していく。

「長崎渡りの蘭書にね、労咳に良く効く薬が書かれてあったのさ。だから試してみようと思ってね。労咳だからって死ぬと決まったわけじゃない。治療と養生で治せるのさ。お登勢さんはまだ若いんだ。体力だってあるだろう」

卯之吉は蘭書を捲《めく》って記述と照らし合わせながら、順番に薬種を入れていく。

銀八は、痛ましそうな顔をした。

「そのお登勢さんについて、南町奉行所から報せがあったんでげす」

「どんな？」

「お登勢さん、小伝馬町《こでんまちよう》の牢屋敷で、昨夜《ゆうべ》、亡くなったそうでげす……」

卯之吉は薬を潰す手を止めた。しばらくそのままで固まってしまった。

「……それは残念な話だねぇ」

銀八は「へい」と答えて一礼し、去っていった。卯之吉はボンヤリと、座敷の天井を見上げた。

「そうかい。みんな死んじまったのかい」

薬研に薬種を入れて擂り潰す。丹念に丹念に潰し続けた。

第二章　天下無双の型破り

一

登城《とじょう》の太鼓が打ち鳴らされた。大手門が開かれる。大名と旗本たちが列をなして本丸御殿へと進んでいく。大名や旗本たちには皆、それぞれに幕府内での役儀が課せられていた。江戸の官僚と公務員なのだ。

大名や旗本は超多忙である。『長閑《のどか》で退屈な貴族生活を送っているのだろう』と思ったら大間違いだ。

将軍が執務室に入った、との報《しら》せが本丸御殿に伝わった。と同時に、勘定奉行の四名と関東郡代《かんとうぐんだい》の一名が両手に書類を抱えて押しかけた。

勘定奉行は定員四人で、幕府の財政と将軍家の公領（直轄領）の経営を担当している。年貢の取り立てもその業務だ。

関東郡代は、関東に広がる旗本領や御家人の料地を管理、経営している。代々の勘定奉行と関東郡代は過労死する者が多かった。それほどの激務だ。非常事態が発生するとなおのこと忙しい。皆、寝不足の青黒い顔つきで、目だけは真っ赤に血走らせて迫ってきた。将軍が思わず気後れしてしまうほどだ。

「利根川の決壊により、公領の三割が水没いたしましてございまする！」

「なれど新田に水が流れ込んだことにより、徐々に水は引いておりまする！」

「失われた新田の取れ高は二十三万七千石に及びまするぞ！」

「今年の年貢の取れ高は五割の減。飢饉《ききん》は免れ得ぬものかと！」

「公領の民は早くも年貢の減免を求めておりまする！」

将軍は顔をしかめた。

「余は聖徳太子《しょうとくたいし》ではないッ。皆で一斉に喋《しゃべ》るな！　順番に申せ！」

その間にも小姓《こしょう》たちが両手に書類を抱えてきて、将軍の机に積んでいく。これらの書類にもすべて目を通して署名しなければならない。

将軍の裁可がなければ公領の救済もできない。もちろん将軍に怠けるつもりはないが、一人でできることには限りがある。政務の手伝いが必要だ。

「甘利を呼べッ」

筆頭老中の甘利備前守を呼びつける。しかし小姓は平伏《へいふく》して答えた。

「甘利様は大奥の御広敷《おひろしき》にお渡りにございます」

大奥の御広敷は、大奥でも唯一男が入れる広間で、お局様《つぼねさま》との会談に使われる。

「大奥と老中が、なにを相談しておるのだ」

将軍は苛立《いらだ》っている。

大奥御広敷で甘利備前守は秋月《あきづき》ノ局《つぼね》と対面していた。

秋月ノ局は朝廷の貴族、久世橋大納言《くぜばしだいなごん》の娘だ。将軍家御台所《みだいどころ》のお供として江戸に乗り込んできた。

将軍家御台所（将軍の妻）は、五摂家《ごせっけ》（摂政《せっしょう》・関白《かんぱく》に就任できる家柄。公家社会では頂点に立つ名家《めいか》）の姫から選ばれる。貴族社会の代表として大奥に乗り込んでくるのだ。

この時、姫様にはお供の侍女《じじょ》がつけられるのだが、この侍女も高級貴族の女人であった。帝《みかど》や朝廷と緊密に連絡を取り合っている。宮廷外交官としての務めを果たしていた。

よって、将軍も老中も、秋月ノ局の発する言葉には、十分に注意して拝聴しなければならない。帝や朝廷の意志を伝えているからである。

「備前守殿、帝は憂慮しておわしまするぞ」

局は、いかにも気位《きぐらい》の高そうな声を発した。甘利はサッと平伏する。帝そのものと対面しているかの如《ごと》き態度だ。局は上から目線で見下して続ける。

「上方も長雨に祟《たた》られておる。京の町にも、飢えた者たちが仕事を求めて流れ込んでおるそうな。帝はご心痛じゃ。仕事もなく彷徨《さまよ》う者たちは、一揆の衆と化すに相違ないからのぅ」

「御叡慮《ごえいりょ》、まことに的を射たものかと……」

「されば急ぎ京に米を送れ。飢えた者たちの腹を満たすは急務ぞ」

甘利は動揺を隠せない。

「ですが、我らにも手持ちの米は少なく――」

「甘利殿！　帝と朝廷は、日本国の政《まつりごと》を将軍家に預けておわすに過ぎぬ。将軍は帝の臣下ぞ。帝と朝廷の命を奉ずることこそが一番の大事じゃ」

甘利は平伏した。

「申すまでもなきご正論にございまする……。されど、急のご用命には従えませぬ。ない米は送れませぬ」

秋月ノ局はご立腹だ。美しい面相が般若面《はんにゃめん》のようになる。

「頼りないぞ備前守殿！　かように煮え切らぬ返答を帝に伝えねばならぬ妾《わらわ》の身にもなれッ。妾の面目、丸つぶれではないかッ」

「お叱り、ごもっともにございまする……」

甘利はほうほうの態《てい》で大奥を退出した。痛む胃を手でさすりながら、憔悴《しょうすい》しきった顔つきで表御殿へと戻った。

甘利と入れ代わりに、尾張徳川家附家老《つけがろう》、坂井主計頭正重《さかいかずえのかみまさしげ》が入ってきた。

坂井は笑顔を秋月ノ局に向けた。

「帝を悩ます京の飢饉、我ら尾張徳川家といたしましては、決して見過ごしにはできませぬ。我ら尾張徳川家にお任せください。京へ米をお届けに参じまする」

秋月ノ局の顔色がパッと明るくなった。

「まことか！　まことであれば妾の面目も……否、帝のご憂慮も晴れようぞ」

「尾張の平野は日当たりが良く、気温は高《たこ》うございまする。徳川幕府の開府以来、ただの一度も凶作となったことがない、と言い伝えられておりまする」

「まことに頼もしき尾張殿じゃ」

坂井は不敵な笑みを浮かべて局をじっと凝視した。

「この坂井主計頭があらばこそ、にございまするぞ。秋月ノ局様の御為《おんため》に、無理をしてのやりくりにございまする」

「ふむ。げに頼もしきは主計頭じゃ。帝にも、そのように伝えよう」

「いっぽう、甘利備前守は頼もしからざる小人物……そのようにお伝えいただければ幸甚《こうじん》にございまする……」

「それも必ず伝えようぞ。あの役立たずめ、朝廷の力をもって必ずや老中罷免《ひめん》に追い込んでくれようぞ」

局はツンと尖った鼻筋を上に向けた。

坂井はニヤリとほくそ笑んだ。

＊

その日の深夜――。
甲府《こうふ》盆地の只中《ただなか》に巨大な城塞《じょうさい》がそびえ立っている。甲府城は江戸の西方を守る要だ。将軍家の親族が城主を務めてきた。ただ今のところは将軍の弟、幸千代が、その重職を務めている。

幸千代は天狗の様《よう》に馬を飛ばして甲州街道を疾走し、江戸と甲府を行き交っていた。

月のない闇夜であった。甲斐の国じゅうの誰もが眠りに就き、すべてが静まり返っていた。動いているのは甲府勤番の夜警侍ぐらいであろう。

それでも幸千代は執務を続けている。机の回りに蠟燭《ろうそく》を煌々《こうこう》と灯して、行政書類を捲《めく》り続けていた。

そこへ静々と歩み寄ってきた男がいた。折り目正しく正座する。蠟燭が男の顔を照らしだす。三国屋の老主人、徳右衛門《とくえもん》であった。

徳右衛門は、甲斐の国を建て直すために赴任《ふにん》してきて、幸千代の下《もと》で経済政策を担《にな》っている。

徳右衛門は作り笑いを浮かべて、ちょっと首を傾げた。

「幸千代様、京の公家衆より、甲斐と信濃《しなの》の備蓄米を回送してほしい、とのご依頼が入っておりまするが……」

「その文《ふみ》ならば、わしも目にしておる」

「いかに返答いたしましょう？」

幸千代は決然として鋭い目を徳右衛門に向けた。

「甲府城の蔵米《くらまい》は、甲斐国で暮らす者たちを飢《う》えから救うために備蓄しておる。その米を京に送れば、たちまち甲斐の民は飢える」

「仰《おお》せの通りにございまする」

徳右衛門はニコリと微笑んで頷いた。それから「されど」と続けた。

「帝と朝廷のお公家様がたを怒らせるのはよろしゅうございませぬ。将軍家に良くないことも起ころうかと存じまするが……」

「無論のことじゃ。わしとて京を蔑《ないがし》ろにするつもりはない」

「なにか、策がございますので……？」

「策などない！　献策するのはそなたの役目であろうが！」

相変わらず無茶で高圧的な若君である。しかし、海千山千の徳右衛門から見れば、素直で真っ正直な人柄だと感じられる。

祖父と孫ほどもの年齢差があるのだ。助力を惜しむものではない。

「大坂《おおざか》の商人に命じて西国《さいごく》の米を買い集めさせてはいかがでしょう。西国は、東国ほどには、冷夏に苦しめられておりませぬ。筑紫《ちくし》や肥後《ひご》の田の稔《みの》りは、さほど酷くはないとの報せが届いておりまする」

「さすがじゃの、三国屋。良案である。さっそく甘利に文を送ろうぞ」

「甘利様に？」

「ただ今の世相には甘利も窮しておる。あの者は、周りに助けられていなければ何もできぬ。わしが助けてやらねばな」

筆を執って書状をしたため始めた。書き終えると小姓を呼んで手渡した。

「されど徳右衛門。わしには懸念もあるぞ。大坂の商人に米を買い集めさせようにも、今の公儀には金が足りぬ。金がなければ商人を動かすことはできまいぞ」

「公儀の御金蔵に金子《きんす》は貯められてございます。されど上様は、その金子を日光社参に使うとの仰せにございます」

「そのことよ。なんとしても考え直していただかねばならぬ。三国屋、わしは江戸に向かうぞ。供をいたせ」

幸千代はスラリと立ち上がった。武芸で鍛えた立ち振る舞いは見事なまでに美しい。

「ただ今の世相、兄上と甘利だけに背負わせるは酷《こく》と申すもの。わしが兄上を助け参らせる。そしてわしにはそなたの助力が要りようじゃ」

「もったいなき仰せにございまする」

「ならば出立《しゅったつ》は明朝じゃ。そなたには早駕籠《はやかご》を仕立てる。今宵は良く身を休めておけ」

「心得ました」

幸千代はズカズカと出ていった。徳右衛門は拝礼して見送る。

「……若い世代が育っておりますなぁ」

心地の好さそうな笑みをそっと浮かべた。

＊

強い風が吹いている。鼠色の雨雲は低く垂れ込め、空で渦を巻いていた。

大川《おおかわ》の川原を濱島と美鈴が歩いている。

風が二人の袖を揺らす。高い夏草が伸びている。人が踏み込んだ気配もない。

そんな中に焼けた木の柱が何本も立っていた。

柱はどれも真っ黒に炭化《たんか》している。斜めに傾いている物もあった。

「かつてここには、貧しい者たちの暮らす町があった」

濱島は柱に手をかける。その指に黒い炭がついた。

「わたしの母はここで死んだのだ」

目を向けると対岸に江戸の町が見えた。立ち並んだ町家の向こうにあるのは江戸城。白亜の城塞だ。

「もしも、ここに橋が架かっていたならば、母は死なずに済んだだろう」

辛い記憶が蘇った。幼い日の濱島は母に手を引かれて逃げてきた。周囲は紅蓮《ぐれん》の炎だ。火の見櫓《やぐら》で半鐘《はんしよう》が打ち鳴らされている。突然、燃えた家が崩れ落ち、火《ひ》の粉《こ》が吹きつけてきた。母は濱島を強く抱きしめて、袖で火の粉から庇《かば》った。

「こっちです！　急ぐのですよ」

母に手を引かれて夜道を走る。母も必死の形相だ。

「この先に渡し場があるはず。そこまで行けば舟で逃げることができます。頑張るのですよ！」

濱島母子は川原に急ぐ。鼻緒が切れて濱島は転んだ。母にすぐ抱き起こされた。走るように言われる。裸足で走る足の裏が痛い。折れた木の枝が刺さった。濱島は悲鳴をあげたが、足を止めることは許されなかった。

そして母子は川原に出た。桟橋《さんばし》があった。

だが、そこに渡し舟はなかった。大川の中ほどに舟の姿がある。大勢の避難民を乗せて対岸へ逃れようとしていた。

「その舟、お待ちを！」

母が声を張り上げた。船頭と客たちが振り返る。濱島母子に、確かに気づいたはずだ。

だが、船頭は首を振って顔を前に向けた。濱島母子を無視したのだ。櫂《かい》を漕ぐ腕に力を込める。乗客たちも俯《うつむ》いている。母子を助けるように促す者はいなかった。

「母上、舟が行ってしまいます」

濱島が訴える。母は声に力を込めた。

「子供がいるのです！　この子だけでもお助けを！」

だが舟は舳先《へさき》を巡らせようとはしなかった。どんどん離れていく。

背後から熱が迫ってきた。大火の炎が川原の草にも燃え移ったのだ。

「母上、助けて！」

濱島は母親にしがみついた。

川原に桶が転がっていた。母親は桶に濱島を入れると川中に押し出した。濱島を乗せて桶は流れていく。

「母上！」

濱島は声を限りに叫んだ。

濱島は目を開けた。

「あの時、ここに橋が架かってさえいれば、母は死なずに済んだのだ。貧しい者たちが暮らす町だからと、公儀は、橋を造る金を出し惜しんだのだ」

濱島は美鈴に顔を向ける。胸中で燃える決意を感じさせる顔つきだった。

「わたしはここに町を作る。貧しい者たちが安心して暮らせる町だ。そのためには橋を架けねばならない！　橋さえあれば、ここで暮らす者たちも対岸の江戸に働きに行ける。江戸からは物売りたちがやってくる。商いが生まれ、商人地もできる。皆で頑張れば、頑張っただけ豊かになれる、そういう町ができるのだ！」

今は無人の焼け跡に濱島は目を向けた。

「わたしはこの地に、江戸の大火事で出た瓦礫《がれき》を埋めて盛り土をした。あとは橋さえ架かれば良い」

濱島は身を震わせた。

「橋さえあれば、母のように、ここで死ぬ者はいなくなる。皆が安心して暮らせるのだ」

　美鈴は首を傾げた。

「橋を架けるには大金が必要なはず。お金の手当てはつくのですか」

「金ならば、ある！　三国屋は金蔵の中に大金をしまいこんでおる。その金を奪い、世のため人のために使うのだ！」

「三国屋……」

　聞いたことがある。よく思い出せないが――という顔を美鈴はした。

　濱島は憎々しげに吐き捨てる。

「坂井様より聞かされた。無能老中の甘利と組んで私腹を肥やす悪徳商人だ！　坂井様の義挙の邪魔ばかりする！　私は坂井様と約束した。三国屋を倒すのだ」

「でも、それは悪事。いつかは捕縛《ほばく》されてしまうでしょう」

「悪事か。そうだな。そうかもしれない……。私は自分の理想のみが正しく、世の中は間違っていると思っていた。間違いを正すことになんの憚《はばか》りがあろうか！　躊躇《ちゅうちょ》はいらぬ！　そう思っていた。だが……」

　濱島は俯いてしまう。

「三国屋の卯之吉殿を知って、私の心に迷いが生まれた。卯之吉殿は何を考えておるのかまったくわからぬ男。だがしかし、底知れぬ善意を感じる……。なぜ、あのように善《よ》き男が三国屋の若主《わかあるじ》なのか」

濱島は首を横に振った。

「いや、迷いは捨てよう」

決然と顔を上げた。

「たとえ悪党と呼ばれようとも、それでよいのだ！　この地に橋さえ架かれば、我が身は滅んでも良い。打ち首獄門も望むところだ！」

激しい口調で言い放った濱島であったが、急に唇を噛んで俯いた。

「……我が身など惜しくはないと、そう思っていた。あなたに会うまでは」

濱島は美鈴に駆け寄ってその手を握った。

「橋が完成したら私と一緒に逃げてほしい。長崎《ながさき》から遠い異国へ渡るのだ」

美鈴は頷いた。

「どこの誰かもわからぬわたし……。頼れるのはあなた様だけです」

「一緒に来てくれるのだな！　もう二度と、わたしを置き去りにしないと約束してくれるのだな！」

濱島はガクッと膝を折った。その場にひざまずく。下から美鈴を見上げる格好になる。

美鈴は頷き返した。

「約束します。ずっと一緒ですよ」

「母上……！」

濱島は美鈴に抱きついた。美鈴の胸に顔を埋《うず》めて泣きじゃくり始めた。

＊

三国屋の金蔵の前に腰掛けを置き、水谷弥五郎《みずたにやごろう》が茶漬け飯をかきこんでいた。

もう夕方だというのに手代の喜七《きしち》が荷車を従えてやってきた。車引きたちが轅《ながえ》を握っている。捩《ねじ》り鉢巻だ。気合を入れてこれから仕事を始めよう、という姿であった。

「水谷先生、用心棒をお願いしますよ」

喜七に言われて水谷は茶碗と箸を置いた。

「そろそろ夜だぞ。物騒だな」

「甘利様よりのご依頼で、千両ばかり運ぶんです」

「ようしわかった。用心棒代は弾んでくれよ」

立ち上がり、刀を摑んで腰帯に差した。

店の外には荒海一家の子分たちが五人、たむろしていた。親分の三右衛門から三国屋を守るようにと言いつけられていたのだ。用心棒が増えることは心強い。皆で荷車を守ってゆくことになった。

暗い夜道を進む。一人の男が荷車を引き、もう一人が後ろから押していた。道の両脇には黒い板塀が立っている。ここは商家の裏道だ。車の軋む音が板塀に反響する。薄気味の悪い道中であった。

と、車を引いていた男が悲鳴をあげた。

「出たァ！」

黒覆面の一団のおよそ十人がこちらに向かって走ってくる。一斉に刀を抜いた。

水谷と荒海一家の子分衆が荷車をかばって前に出る。水谷は敵に向かって怒鳴った。

「世直し衆かッ」

「いかにも！」

帰ってきたのは女の声だ。

「三国屋ッ、天下の富を私《わたくし》する悪徳商人ッ、天誅《てんちゅう》を下す！　覚悟いたせ！」

荒海一家の子分たちが騒《ざわ》めいている。

「世直し衆の頭目は女賊《にょぞく》だったのかいッ」

水谷は怪訝《けげん》な顔をした。聞き覚えのある声だったからだ。

世直し衆たちは容赦なく襲いかかってきた。荒海一家の子分衆も匕首《あいくち》を引き抜き、あるいは六尺棒を振りかざして勇ましく突っかかっていく。

世直し衆の一人が斬りつけてきた。紺頭巾と覆面の女賊だ。水谷も刀を抜いて応戦する。

女賊の動きは蝶のように軽やかだ。素早い斬撃を小刻みに繰り出してきた。水谷は翻弄《ほんろう》される。

敵の切っ先が着物をかすめる。ただでさえ継ぎ当てだらけの着物に、さらに大きな裂け目ができた。

「ぬうんっ！」

水谷の顔がゆがむ。力任せに刀を真横に振るった。女賊は真後ろに跳んで避《よ》けた。

水谷と女賊は睨み合う。女賊は覆面で口を覆っているのに息を乱していない。恐ろしく鍛えられている。

水谷は「おうッ」と吠えた。殺気を込めて睨みつける。気合で圧倒し、隙を誘う策だ。

女賊は頭巾と覆面から目しか出していない。まったく気圧《けお》された様子もなく、涼しい目で睨み返してきた。

二人が睨み合っている間も、周囲では世直し衆と荒海一家の乱戦が続いている。喜七も大声で喚いている。

「お助けえッ、世直し衆に襲われておりますッ。助けてぇ〜ッ」

すると遠くで呼子笛《よびこぶえ》の応答があった。番屋の者が気づいたのだろう。笛の音《ね》が夜空に響きわたる。すぐにも役人が駆けつけてくるはずだ。

女賊はスッと後退した。

「ここまでだ！　退《ひ》くぞ」

悪党たちは素早い。身を翻して逃げていく。

「待ちやがれッ」

子分たちが追いかけようとした。それを水谷は止めた。

「荷車から離れてはいかん！　逃げると見せかけてお前たちを車から引き離し、その隙に悪党の別の一組が襲ってくる魂胆かもしれんぞ！」

こうとなっては逃げる悪党を追うこともできない。子分たちは地団駄《じだんだ》を踏んで悔しがった。

水谷は刀を鞘に戻した。難しい顔つきで考え込んでしまう。

「今の太刀筋、そしてあの姿……いや、まさかそんなはずが！」

＊

「美鈴さんだった、って言うのかい！」

由利之丞《ゆりのじょう》が声を張り上げた。ここは江戸の町中の一膳飯屋。入れ込み座敷（土間から一段高く造られた板張りの客席）には、水谷弥五郎、由利之丞、梅本源之丞《うめもとげんのじょう》がいた。

皆で飯を茶漬けにしてガツガツとかきこんでいる。水谷は口の周りについた汁を拳で拭《ぬぐ》った。

「そうなのだ。あれは確かに美鈴殿の剣だった」

由利之丞は首を傾げる。

「だけど、どうして美鈴さんが三国屋の金を狙うんだい」

水谷は飯をかきこみ続ける。

「本人に訊かねばわかるまい」

「さては……あれかな？」

由利之丞が何か思いついた顔をした。

源之丞が目を向けた。

「なんだ？　心当たりがあるのか」

「菊野姐さんが卯之吉旦那のお嫁さんになるんだろ？　だから美鈴さんは手切れ金を取りに来たんじゃないの」

源之丞は馬鹿馬鹿しい、という顔をした。

「だからと言って刀を抜いて襲いかかってくることはないだろう」

「おカネさんはケチだから、手切れ金を出し渋ったとか。それで美鈴さんは力ずくで奪い取ってやるって、腹をくくったんじゃないかな」

源之丞は（お前にはついてゆけん）という顔をした。食事に戻る。

水谷は湯吞の番茶をゴクリと飲んだ。

「ともあれだ、本当に美鈴殿と決まったわけではない。本当に美鈴殿だったとしたら、その考えがわからない。この一件、八巻氏《うじ》の耳には入れぬほうが良いだろうな」

由利之丞も「うん」と頷いた。

「オイラも探りを入れてみるよ。軽業師《かるわざし》だった頃の仲間が陰で動いていてね、世直し衆のたむろしていそうな場所の見当がついたんだ」

水谷が心配する。

「剣呑《けんのん》ではないか」

「そりゃあ剣呑だよ。だけどね、オイラも世直し衆には遺恨があるんだ。兄貴分の仇討ちさ。このままにしてはおけないよ」

「いやあ、しかし、そなた一人に任せてはおけぬなぁ」

水谷はうろたえている。源之丞は自分の湯呑に手を伸ばした。

「三国屋の用心棒は俺が代わってやる。おぬしは由利之丞についていってやれ」

「オッ、有り難い！　お頼み申す！」

「美鈴のことも放ってはおけぬからな。おかしなことばかり起こりやがるぜ」

と、目の前で水谷と由利之丞が「わしがついておるからな」「嬉しいよ、弥五さん！」などとイチャつき始めた。

源之丞は、なんだかなぁ、と呆れた顔つきになった。

＊

尾張家江戸屋敷の一室で、坂井主計頭正重が陰鬱な顔つきで書状をしたためている。

そこへ挨拶もなく清少将が入ってきた。手には酒の入った五合徳利《ごごうどくり》と盃《さかずき》を持っている。部屋の隅にドッカと座ると手酌で酒を飲み始めた。

坂井は少将を無視している。少将は険しい目を投げつけた。

「世直し衆が三国屋を襲ったが、失敗に終わったようでおじゃるな」

坂井は書状に目を落として筆を走らせながら答える。

「左様だ」

「三国屋は良い用心棒を傭《やと》っておる。甘利の御用商人だけあって、町奉行所の見回りも厳重じゃ。八巻が出入りする姿を見た、と申す悪党も多いぞ」

見張りの悪党が目撃したのは卯之吉本人だ。

「三国屋に手出しするのは剣呑でおじゃるぞ。三国屋はいっとき放念して、別の悪事を進めたがよかろうぞ」

坂井は不機嫌な目を向けた。

「三国屋は潰す。そのための企《くわだ》てだ。三国屋を討ち漏らしてはなんの意味もない」

少将は首を傾げた。

「なにゆえそうまで三国屋に執着するのでおじゃろう。いったいどんな遺恨があるのやら」

「遺恨か」

坂井は過去を思い出す顔をした。

「遺恨はある。今でも腸《はらわた》が煮えくり返る！」

「どのような恨みじゃろうな？」

「わしの〝今の身分〟は尾張徳川家の附家老。しかしそれは坂井家に養子に入ったからだ。元のわしの身分は徳川家の親藩《しんぱん》。将軍家の分家の分家のそのまた分家。松平を名乗ってこそいたが、石高《こくだか》は二万石の木《こ》っ端《ば》大名であった」

「それが今では尾張家の附家老。尾張六十二万石を宰領《さいりょう》する身。たいした出世ではないか」

「馬鹿を申せッ。甘利備前守も、わしと同じ身の上だった。じゃが、今の彼奴《あやつ》は老中ぞッ。天下の政《まつりごと》を動かしておるッ」

　少将は冷笑を浮かべた。人の不幸を楽しむ顔つきだ。

「それは口惜しい限りでおじゃるな」

「わしのほうが、備前守より学問ができた！　武芸もできた！　備前守のごとき凡才、わしの足元にも及ばぬッ。甘利家にはわしが養子に入り、わしが老中になるべきだったのだッ。それを……三国屋が邪魔だてしおったッ」


　――遠い日の夏。夕陽が障子を染めている。ヒグラシが五月蠅《うるさ》く鳴いていた。

　正重はせわしない足どりで廊下を渡った。障子を開けて座敷に入る。座敷には三国屋徳右衛門が座していた。正重が入っていくと平伏した。

　正重は床ノ間を背にして座る。息せき切って徳右衛門に声をかけた。

「良く来てくれた！　借金の話、承知してくれたか！」

　天下の豪商、三国屋徳右衛門が味方についてくれたならば、資金繰りの心配はなくなる。金は使いたい放題だ。正重は期待に胸を躍らせる。その顔は笑み崩れた。

　ところが。徳右衛門は渋い顔だ。難渋《なんじゅう》な目つきで正重を見つめ返した。

「それがしは金貸し。貸せ、と申しつけられましたならば、貸さぬことはございませぬ。されど、その前にお尋ねしたいことがございます」

「なんじゃ」

「お貸ししたお金は、何に使われるおつもりでしょう」

正重はカッと激怒した。

「商人風情が武士の金の使い道に口を出すのかッ。不遜《ふそん》であろうぞ！」

徳右衛門はまったく臆《おく》さない。

「商人にとっての商いは、お武家様にとっての戦と同じ。勝算のない戦には与《くみ》することはできませぬ」

正重は「ふんっ」と鼻を鳴らした。

「それが商人の道理と申すのであれば教えてつかわす。このわしが、甘利家に養子に入るための工作に使う。養子入りするためには大勢の味方をつけねばならぬ。幕閣や大奥だ。賂《まいない》を届けねば味方は増えぬ」

「甘利家は譜代の名家。老中に就任できるお家柄でしたな」

「いかにも。わしと、備前守が跡継ぎの座を争っている。もっとも、備前守は凡才。勝負はすでについたも同然じゃが、油断はならぬ。幕閣や老中への賂をもって駄目押しとするのじゃ」

正重はニヤリと笑うと不敵な顔を徳右衛門に近づけてきた。

「わしが老中となったあかつきには、そのほうにも美味い汁を吸わせてやろうぞ。今のうちにこのわしに恩を売っておくのが得策であろう」

徳右衛門は決然と表情を引き締めた。

「そういうお話であれば、この商談はお断りさせていただきまする」

「な……、なにッ？」

正重は激しく驚いた。まさか断られるとは、夢にも思っていなかったのだ。

「それではこれにてお暇《いとま》仕《つかまつ》りまする」

徳右衛門はそそくさと腰を浮かせた。正重は焦った。

「待てッ、そのほう、気は確かかッ。乱心しておるのではあるまいな！」

「某《それがし》のごとき商人の身を案じてくださり、まことにかたじけなく……。それではこれにて。老中様へのご出世が叶《かな》いますことをお祈り申しあげます」

茫然として言葉もない正重を置き去りにして、徳右衛門は出ていった。

坂井正重の手の中でバキッと音を立てて筆が折れた。きつく握り締め過ぎたのだ。拳が怒りで震えている。

「三国屋徳右衛門は備前守に大金を融通したのだッ。その金の力で、凡才の備前守が甘利家へ養子に入ったッ。幕閣どもを懐柔《かいじゆう》し、大奥を味方につけ、先代の上様の心まで捕らえたのだ！　許しがたいッ」

少将は「ふーん」と関心のなさそうな相槌《あいづち》をうつ。

「かような理由《わけ》で甘利と三国屋に嫌がらせをしておじゃるのか」

くだらない、と感じる。

もっとも。少将も執着心は異常に強い。自分を侮辱《ぶじよく》した相手は決して許さぬ。だから南町奉行所の同心、八巻卯之吉の命をつけ狙っている。

坂井は怒りで歯を嚙み鳴らしている。

「あと一押しで甘利は倒れるッ。三国屋ごと倒れるのだッ。少将ッ、悪党どもを駆り集めよ！　江戸中を荒し回るのだッ」

少将にも否《いな》と答える理由はない。

「面白いことになりそうじゃのう」

のんびりと答えて盃の酒を飲み干した。

＊

三国屋の敷地は高い塀によって囲われている。向こう側に立つのは金蔵だ。

「こんち、若旦那はいらっしゃいますかね」

銀八は三国屋の裏の勝手口を開けた。勝手知ったる旦那の家だ。いつものように軽薄な足どりで踏み込もうとした。

途端に、目の前にヌウッと刀を突きつけられた。

「ひいっ……！」

銀八は仰天してその場で尻餅をついた。

「なんだ、銀八か」

刀を突きつけていた男、梅本源之丞が刀を引いた。鞘に納める。

「気をつけろ。危うく斬ってしまうところだったではないか」

気をつけろと言いたいのはこっちでげす、と銀八は言いたかったけれども、それは堪《こら》えた。

「物々しいでげすな。何かあったんでげすか。大金が運び込まれるとか、運び出されるとか」

「商いのことはわからんが、なにか動きがあるようだな。南町の内与力、沢田彦太郎が来ているぞ」

「ははァ、沢田様は菊野さんにホの字でげすからね」

「そんな浮ついた話ではなさそうだぞ。険しい面相をしておったからな」

銀八は奥座敷のほうを覗き込んだ。

折《おり》しも菊野が湯呑茶碗を盆に載せて縁側を渡ってくるところであった。商家の看板（屋号の入った半纏）を着けていても優美な姿だ。


三国屋の座敷では沢田彦太郎を客に迎えて、卯之吉とおカネが応対していた。

菊野が静々と入ってきて沢田の前に茶を進める。沢田は茶托《ちやたく》にも菊野にも目を向けようとはしなかった。

菊野の美貌に目がないうえに色目まで使う沢田にしては珍しい。極めて難しい案件を持ち込んできたことが、菊野の目でも窺えた。

おカネも険しい面相をしている。

「お上は、大坂の商人を動かして米を買い集めさせようってぇお考えかい」

沢田彦太郎は身を乗り出した。

「そなたは大坂の掛屋《かけや》の女房。大坂の商人たちには顔が利くはず」

掛屋とは、大坂の蔵屋敷で米を売って現金に換える仕事を請け負っている商人のことだ。商人の身分ではあるが幕府の財政と経済政策に深く関与している。

おカネは三国屋から大坂の掛屋に嫁入りした。夫には先立たれてしまったが、大坂の商人社会に対しては、いまだ大きな発言力を持っている。

「口利きを頼みたいのだ！」

沢田が頭を下げた。それでもおカネは良い顔をしない。

「口利きぐらいなら、いくらでも頼まれてやるけどねぇ。商人はお代を頂戴しなければ動きやしないよ。お金の目算はついているのかい」

「それも、三国屋に頼みたい！」

「どういうことだい？」

「江戸の大商人たちを糾合《きゆうごう》し、金をかき集めてもらいたいのだ。その金で西国《さいごく》の米を買い占める」

「なにもかも商人頼みかね」

おカネは呆れた顔をした。

横で話を聞いていた卯之吉が首を傾げた。

「ですがね、沢田様。日本の国中が長雨に苦しめられているっていうのに、買い集めることのできるお米なんか、どこにあるんでしょうかねぇ」

それにはおカネが答えた。

「日本で米が取れなくとも琉球《りゅうきゅう》がある。琉球の南には呂宋《ルソン》や江南《こうなん》、シャムがあるよ」

「はあ。唐渡《からわた》り（輸入品）の米ですかえ」

米は東南アジアが原産の熱帯植物で、日本が植栽の北限だ。寒い日本では冷夏でたちまち枯れてしまうが、南洋諸国では豊かに稔っている。

日本は異国との交易を閉ざしていたが、琉球を介して異国から物を取り寄せることができたのだ。

おカネは考え込んでいる。

「問題は、どうやって金を集めるかだ」

沢田は膝でにじり寄ってくる。

「それを三国屋に頼みたいと申しておるのだ！」

「簡単に言ってくれるけれどねぇ……」

即答はできない、という顔つきであった。

色好《いろよ》い返事をもらえなかった沢田は、ガックリと落胆しながら帰っていく。

「甘利様になんとお答えしたらよいかなぁ……わしはいつでも板挟みだ」

そこへ菊野が追いかけてきた。

「ちょいと、沢田の旦那」

沢田は振り返る。菊野は笑顔だ。

「南町の内与力様たるもの、萎《しお》れたお顔で道を歩くもんじゃありませんよ」

「そう言われてもなぁ」

「元気をお出しなさいな。旦那がお帰りになったからね、あたしゃ、おカネさんに訊いたんですよ」

「なにを」

「塩を撒《ま》いておきますか？　ってね」

「なにっ」

「そうしたらね、塩を撒くには及ばない。次に来た時も上物《じょうもの》の茶を出しておやり、ってね、言われたんですよ」

菊野はニッコリと微笑んだ。

「おカネさんは沢田様を見捨てたりはしませんよ。良案がおありになるんです」

沢田もつられて微笑んだ。

「左様であったか。ならばわしも、クヨクヨと思い悩むのはやめておくか」

「卯之さんもついています。大船に乗ったつもりでいらっしゃいましよ」

「八巻か。頼りになるのかアイツは……」

「いつも頼りになさってるでしょうよ」

「そうかな？　いや、うむ。そうだな」

沢田は大きく息を吸った。

「菊野、茶を馳走《ちそう》になった」

そして沢田は、心なしか堂々とした足どりで南町奉行所へ帰っていった。

二

大奥の御広敷には商人たちも出入りする。大奥のお局様や奥女中からのご用命を承るためだ。

両替商の大和屋吉兵衛《やまとやきちべえ》がやってきた。頭髪の真っ白な老商人だ。痩せているが血色は良く、活力のある顔つきだった。

御広敷の座敷で待っていると秋月ノ局がやってきた。着物の裾を侍女に整えさせながら座った。

「大儀《たいぎ》であるぞ大和屋。妾《わらわ》が利殖《りしょく》をする先を見繕ってまいったか」

秋月ノ局は実家から親の資産を預かってきた。江戸で運用して資産を増やしてほしいとの、実父からの依頼だ。

大奥の局ともなれば江戸の商人に顔が利く。無理難題を申しつけることもできる。

実家の目論見《もくろみ》はもちろんのことだが、秋月ノ局自身も利殖は大好きだった。父と娘が揃って欲深い。

局は、深川の料理茶屋の頼母子講《たのもしこう》（同業者共済保険組合）にも出資した。だがその講は破講《はこう》（組合の解散）に遭って、投資先を失ってしまった。

秋月ノ局は大奥出入りの大和屋に新しい投資先を探させていたのである。

大和屋はニッコリと微笑んで低頭した。

「利殖にうってつけの商いを見つけました。讃岐屋《さぬきや》なる廻船問屋にございます。九州より米を買いつけて江戸まで船で運び、大儲けを企んでおりまする」

「おう。時宜《じぎ》を得た商魂じゃな。ただいまの江戸でならば米は高値で売れよう。

老中の甘利に買い付けさせて、京へ送るという手もあるぞ」
「お局様のお力を以《もっ》て、よき商いをさせていただきとうございまする」
「得心《とくしん》がいった。よかろう。妾の金子《きんす》を貸してやろうぞ。千五百両じゃ」
「お利息は二割五分。貸し付け証文はこちらにご用意しておりまする」
手回しの良いことだ。証文を受け取って眺め、秋月ノ局は満足そうに頷いた。

秋月ノ局に仕える侍女が、局の目を盗んで、懐紙に何事か書き留めている。書き終えると懐紙を折って、結んで〝結び文〟にした。

大奥の裏手へ進む。太い桟《さん》の入った窓から外を盗み見た。

窓の外には番衆《ばんしゅう》（江戸城を警備する侍）が立っている。侍女は窓の隙間から文を落とした。文に気づいた番衆が拾い上げる。窓越しに侍女と目を交わして頷きあった。

尾張家江戸屋敷の廊下を坂井正重が歩んでいく。腹心《ふくしん》の者が廊下で平伏していた。

「申しあげます。大奥に潜ませし者どもより、密書が届きました」

結び文を差し出した。坂井は受け取って読んだ。一読して袂《たもと》に入れる。

「ご苦労だった」

再び歩みだす。自身が執務をするための部屋まで進んで障子を開けて、ふと、足を止めた。

薄暗い座敷の中で清少将がいた。一人で酒を飲んでいる。

坂井は不快を隠さぬ面相で座敷に入ると、立ったまま後ろ手で障子を閉めた。

「来ておったのか」

少将は酒杯を舐めながら、細く鋭い目を向けた。

「おことが呼びつけたのでおじゃろうが」

坂井はその場に座る。

「いかにも呼んだ。だが、来たのであれば案内の者に告げればよかろう。勝手に入ってこられたのでは迷惑」

「案内を乞うなど、そんな不用心はせぬ。麿はそなたに信を置いておるわけではないぞえ。互いに悪党。手こそ組んでおじゃるが、仲間などと思ったことは一度もないでおじゃる」

清少将の口は悪い。

「そなたは落ち目。やること為《な》すこと、甘利と八巻に後れをとっておじゃる。ますます信を置くに足りぬ」

「戯言《たわごと》を！」

坂井は憎々しげに吐き捨てた。

「我が策は着々と甘利を締め上げておる！　奴めの息の根を止めるのに、あと一歩のところまで来ておるのだ！」

「じゃが、甘利の権勢を支えておるのは三国屋と江戸の商人たちじゃぞ。商人は武士よりしぶとい」

「ならばこそ、世直し衆を使って商人たちを苦しめておるのだ」

「江戸の商人たちの財力は底無しでおじゃる。世直し衆が千両箱をいくつか奪ったところで焼け石に水。江戸の商人を根絶やしにするにはほど遠い」

するとと坂井はようやくに、不敵な笑みを浮かべた。

「わかっておらぬな少将。わしは江戸の商人の財力を根絶やしにするつもりはない。否、その逆だ。江戸の富をすべて奪ってくれようと考えておる。世直し衆を使って世を騒がせておるのもそのためだ」

「大言《たいげん》を吐くことよのぅ」

「今宵、そなたの裁量でひと暴れしてもらいたい。狙うは讃岐屋なる商人だ。蔵には大金が積まれておるはず」

少将は皮肉な笑みを浮かべた。

「世直し衆は、押し込み先で人を殺《あや》めぬ義賊。されど麿が裁量したならば血の雨が降ることになろうが、それでもよいのか」

「かまわぬ。もはや義賊など気取らずともよい。存分にやるがよかろう」

「面白い。麿は金になぞ興味はおじゃらぬが、人が斬れるというのであれば、喜んで赴《おもむ》こうぞ」

「その意気じゃ。江戸の商人どもの心胆《しんたん》を寒からしめてやるがよかろう」

二人は不気味な笑みをかわして頷きあった。

＊

荒海一家の三右衛門は、愛宕下《あたごした》の、とある大名屋敷を訪ねた。江戸城の南には愛宕神社が鎮座する愛宕山があって、その周辺の一帯が愛宕下と呼ばれている。

徳川家譜代の大名たちの屋敷が集まって建てられていた。

荒海の三右衛門は町人の身分なので裏門（通用口）から入って台所に向かっ

た。

台所では商人が出入りしている。野菜や魚を売りに来るのだ。御殿の修繕に来た大工の姿もあった。

台所の脇に座敷があった。大名屋敷の武士が町人と会談をするための場所だ。大奥にとっての御広敷のような場所であった。

三右衛門の〝表稼業〟は口入れ屋である。人材派遣業だ。大名屋敷の求人を受けて、屋敷で働く下男下女の斡旋《あっせん》をする。台所座敷で武士と対面するのには慣れていた。

五十歳ぐらいの貧相な武士が入ってきた。頭はすでに真っ白である。

三右衛門は平伏する。武士は正面に座った。

「面《おもて》を上げよ。わしは当家の勘定役、朝田多門《あさだたもん》と申す。見知り置くように」

「手前が口入れ屋の三右衛門にござんす。お見知り置きを願い奉《たてまつ》りまする」

「うむ。互いに忙しい身じゃ。用件に移ろう。そなたを呼び出したのは他でもない。当家が貸し付けた金の取り立てを頼みたいのじゃ」

「借金の取り立てにございやすか？　あっしらの一家は口入れ屋。取り立て屋ではねぇんですがね」

「承知しておる。じゃが、そこを曲げて頼みたい」

「どういうわけでござんすか」

「当家が迂闊にも金を貸してしまった相手の質《たち》が悪かった。田原町《たわらまち》の香住屋《かすみや》じゃ。ほうぼうに儲け話を持ち込んで、金を借り受けては、商いをしくじったと称して店を畳む。……そういう手合いだと知れた」

「借金の踏み倒し屋ですかい。そいつぁ厄介なのに関わっちまいやしたね。早いとこ手を打たなきゃいけねぇ。御家《おいえ》の金を持ち逃げされちまいますぜ」

「そこでそなたに頼みたいのだ。そなたは南町の八巻殿の手先を務めておると聞いた。いかに悪徳商人でも八巻殿の名を出せば畏《おそ》れ入《い》って金を返すに違いない」

大好きな卯之吉を褒められて、三右衛門は嬉しくなってしまった。

「そりゃあ、そうでしょうねぇ！」

などとうっかり言ってしまった。朝田は身を乗り出してきた。

「承知じゃな？　頼むぞ。金を取り戻したあかつきには、そなたへの駄賃だけではなく、八巻殿への返礼も届けるつもりじゃ」

早口で一方的に話を纏《まと》めると、そそくさと立ち上がって出ていった。

「あっ、ちょっと……！」

大慌てで呼び止めようとしたときは遅かった。襖がピシャリと閉ざされた。

三右衛門は田原町に向かった。浅草《あさくさ》にほど近い町人地《ちようにんち》だ。問題の香住屋が看板を掲げていた。

「看板だけは立派だぜ。三国屋さんの看板よりもでっけぇや。お侍たちは、この看板に目を眩《くら》まされちまうに違《ちげ》ぇねぇな」

店に入ると主が出てきた。ヘチマのような顔をした中年男だ。いけしゃあしゃあと対応する。

ひょろひょろとした物腰で、顔には薄笑いを張りつけている。こういう男こそが油断のならない詐欺師だ。三右衛門は凄みを利かせた。

「オイラは、南町の八巻様の手札を預かる三右衛門ってもんだ」

「ああ、荒海一家の三右衛門親分でございましたか。お噂はかねがね伺っておりますよ」

香住屋に怯《ひる》んだ様子はない。〝江戸で評判の人物とお目にかかれて嬉しい〟みたいな顔をしている。

(まったく食えねぇ野郎だぜ)

ともあれ話を進める。

「さるお大名から、貸した金の取り立てを頼まれてきたんだ。貸出証文も預かってきた。耳を揃えて出しておくんな」

香住屋は笑顔で「ああ、それでしたら」と応じた。

「この不景気で商いをしくじってしまいまして、手前の店には鐚銭《びたせん》の一文《いちもん》もございません。表店《おもてだな》もご覧の有り様」

本来であれば売り物が並べられているはずの店には何もない。

「家中《いえじゆう》を家捜《やさが》しいただいてもかまいません。蔵の扉も開けております」

三右衛門は顔を怒《いか》らせる。

「開き直りやがったな」

「夜逃げをするしかない身の上でございますから。そりゃあ、開き直りもいたしますよ」

「手前ぇ、八巻の旦那のご詮議が恐くねぇってのかい」

「町奉行所の同心様がご詮議できるのは江戸の町中だけでございましょう？　手前が上方に逃げてしまえば、もう、八巻様のお手は届きませんよ」

怖いもの知らず、という顔つきでニタリと笑った。人間の顔つきとは思いがたい。まさに妖怪であった。

三右衛門は腕組みしながら難しい顔で、江戸の町中を進んでいく。

「借金の取り立ては難しいぜ。慣れねぇ仕事を請けちまったな」

足は自然と三国屋に向いていた。

「玄人《くろうと》に任せるしかねぇや」

三国屋は金貸しもやっている。江戸一番の商人で、取り立ての厳しさも江戸随一だという評判だ。

卯之吉は三国屋の座敷で帳簿を捲りながら算盤を弾いていた。

庭に銀八が駆け込んでくる。大慌てしていた。

「わ、若旦那ッ、荒海の親分がやってきたでげすッ」

卯之吉は素知らぬ顔で帳簿を検めている。

「また江戸の町中で押し込み強盗でもあったのかね」

「ここは八丁堀のお役宅じゃねぇんでげすよ！　そのお姿を見られたらまずいでげすッ」

「ああ、そうだったねぇ」

卯之吉は呑気にそう言った。

三右衛門はおカネと対面した。座敷に座って向かい合う。

菊野がお茶を持ってやってきた。だが三右衛門は、茶托《ちゃたく》などには目もくれずにまくし立てる。

「香住屋に金を貸していたのはお大名家ひとつだけじゃねぇ。方々のお大名や大《たい》身《しん》のお旗本がいくつも関わってる。集めた金は五百両を超えるぜ」

三国屋の商いでは五百両程度は端金《はしたがね》だが、財政逼迫《ひっぱく》の武士たちにとっては大金だ。もちろん三右衛門にとっても大金である。

「それだけの金を集めて商売をして、ぜんぶ損金にしちまうなんてことが、あるとは思えねぇ。どっかに隠してやがると睨んでるんだがね」

おカネは「フン」と鼻を鳴らした。

「その商人は、江戸から出ちまえば町奉行所の手は届かない、と嘯《うそぶ》いたんだね。それなら金は、上方か名古屋《なごや》に送るのに違いないね」

「ふざけた真似をしやがって！」

おカネはニンマリと笑った。

「心配するんじゃないよ。町奉行の手からは逃れられても、あたしら商人からは逃げられないさ。大坂と名古屋の両替商に回状《かいじょう》を出すよ。香住屋が江戸から出した手形や為替《かわせ》は換金できないようにしてやろう」

「そんなことができるのかい！」

「悪徳商人は、あたしら商人にとってのいちばんの敵だよ。こっちの信用まで損なわれちまうからね。叩き潰してやろうじゃないか」

勇ましく言い放った後で、おカネの顔色がみるみるうちに深刻になってきた。

「どうしたんでぃ。突然、具合でも悪くなったのか」

「そうじゃないよ。江戸から金が出ていくことに驚いたのさ。江戸は日本で一番儲《もう》かる町だ。その江戸から金がよそへ流れるなんて、考えられないことだよ」

「今の江戸はずいぶんな不景気だからなぁ」

「不景気だけが原因じゃないね。世直し衆が暴れまくってる。商人にすれば、こんな物騒な町に大金を置いておきたくないのさ」

菊野も深刻な顔つきだ。

「ますます商いが廃《すた》れちまって不景気になる。深川も寂れるだろうね」

三右衛門は大あぐらをかいた。

「なぁに。このお江戸にゃあ八巻の旦那がいるんだッ。八巻の旦那が、きっとなんとかしてくれるに違ぇねぇんだ！」

おカネは不思議そうな顔をする。

「お前さんは、ずいぶんと八巻の旦那を買ってるね」

「当たり前ぇだいッ！　オイラだけじゃねぇッ、江戸っ子みんなが八巻の旦那を頼りにしてるんだッ。これまでだって、数々の難事件を解決してきた旦那だッ。江戸の守り本尊《ほんぞん》だぜ！」

おカネは菊野の顔を覗き見た。（本当かい？）という顔つきだ。菊野は笑顔で頷き返した。

「それじゃあ、あっしはこれで。世直し衆を捜し出さなきゃいけねぇんでね。香住屋の件は頼みやしたぜ」

三右衛門は騒々しく出ていった。

菊野が茶托を片づけているとおカネが声をかけてきた。

「卯之吉は、そんなに優《すぐ》れた同心様なのかい」

菊野は即答する。

「いいえ」

おカネは首を傾げた。

「それじゃあどうしてあの親分や江戸っ子たちは卯之吉をそんなに頼りにするんだい」

「卯之さん本人は、なんにもしない、なんにもできないお人ですけどね、卯之さんの周りに集まっているお人たちが、卯之さんのために、卯之さんの仕事を引き受けて、綺麗に片づけちまうんですよ。そんなこんなで卯之さんは、江戸一番の切れ者同心、ってことになってるんですのさ」

菊野は面白おかしく笑って伝えたのだが、おカネは真面目に受け止めたようだ。難しい顔になって考え込んでしまった。

*

「いってらっしゃいまし」

三国屋の手代、喜七の見送りを受けて菊野は深川に向かった。

三国屋の嫁になるつもりは毛頭ない。夜には深川に出向いて座敷を務めあげる。辰巳《たつみ》芸者の黒羽織を着て深川に向かうのだ。

夕闇の迫る中、深川の料理茶屋（料亭）に灯火《ともしび》がつきはじめた。軒行灯《のきあんどん》や雪洞《ぼんぼり》にも火が入る。門前町に沿って流れる大横川《おおよこがわ》の水面《みなも》に映って輝いていた。

菊野の大好きな景色だ。

「深川が水の底に沈まずに済んだのも、卯之さんと沢田様のお陰だものねぇ」

利根川が決壊して大水が南に押し流されてきた。深川は低地にある。元々は湿原だった場所だ。元の沼地に戻る寸前に救われた。南町の沢田彦太郎と八巻同心の活躍によるものだと、江戸には伝えられていた。

「沢田様のためにも、なにか力になりたいところさ」

深川芸者の粋は〝俠気《きようき》〟にある。沢田や卯之吉のために尽力することに否《いな》やはなかった。

その夜の座敷には江戸の大商人が二人、集まっていた。菊野は三つ指をついて挨拶する。

「讃岐屋の旦那。ようこそ深川においでくださいました」

金屏風の前に五十年配《ねんぱい》の、よく太った商人が座っていた。ポチャポチャした白い肌で、極めて機嫌も良さそうだ。菊野に向かって笑顔で頷く。

「菊野姐さんもよく来てくれたね。こちらは両替商の大和屋さんだ」

もう一人の商人を紹介した。大和屋ならば噂で聞いたことがある。大奥に出入りして秋月ノ局のご用命を受けている。三国屋には及ばぬが、江戸では良く名の知られた富商《ふしょう》だ。

だがこの大和屋、堅物《かたぶつ》で座敷遊びは滅多にしない。

「ご芳名《ほうめい》はかねがね承っておりますよ。どうぞご贔屓にお願いします」

女嫌いの堅物でも、さすがの大商人で愛想は良い。笑顔で頷き返してくれた。

菊野はサッと擦り寄って銚釐《ちろり》を手にする。

「讃岐屋さん、どうぞ御一献《ごいっこん》」

讃岐屋は蕩《とろ》ける笑顔だ。

「すまないねぇ。……ああ旨い酒だ！　今宵の酒は一段と旨い」

「なんぞ良いことがございましたかね」

「あたしたち商人にとって〝良いこと〟と言ったら、商談が首尾よく纏《まと》まることに尽きるよ。こちらの大和屋さんがねぇ、あたしの商いに投資をしてくださることになったのさ」

早くも酔いが回っている。讃岐屋の口は軽い。

「あたしの商いは大船《たいせん》を仕立てて上方から荷を運ぶ大商いだ。投資をしてくれるお人がいないと元手が足りない。満足に商売ができやしないんだよ」

菊野が「おや？」と訊き返す。

「讃岐屋さんのような信用のある大店でも、元手集めにご苦労なさっているのですかえ。お江戸の大旦那衆のお手許に、お金がないとは思えませんけどねぇ？」

すると、貸し手側の大和屋が渋い顔で頷いた。

「無論、お金はありますよ。江戸に大商人は多い。それぞれの店の持ち蔵には、小判が山と積み上げられているよ」

菊野が首を傾げる。

「こんな不景気なのに、ですかえ」

「不景気だからだよ。金は蔵の中にしまっておいても増えやしない。大きな商いをするお方に貸し付けて、利益を出していただき、元本に配当金をつけてお返しいただく。そうやって金を増やしていかなければならない。だけどね」

大和屋の目つきが険しくなった。

「昨今の世相では、商いは、なにもかも上手くゆかない。商売上手で知られた大店ですら損を出す有り様。手前ども金貸しがいちばん恐れるのは、貸した金が返ってこなくなること。借金の踏み倒しだね」

讃岐屋も羽織の袖の中で腕を組んで難しげな顔をしている。

「借りた側とて店の信用がかかっていますよ。借りたお金に商売で得た利益を上乗せしてお返ししたいのはやまやまです。けれども、こうも不景気でやる事為す事上手くゆかないのでは仕方がないよ」

讃岐屋は太った首を横に振って愚痴を続ける。

「商売全体の信用がなくなってるのさ。お陰でこっちは大弱りだ。堅実な商いをしてるってのに、投資をしていただけなくて商売できない」

菊野は理解した。

「投資をしたいお方は、貸したお金を踏み倒されるのが恐くて、おいそれとは投資できない。投資をしてほしいお方は、投資をしてもらえないから商いができない。困ったものですねぇ」

讃岐屋は指まで太っている。莨盆《たばこぼん》に手を伸ばして煙管《キセル》で一服つけた。

「景気が良い時ならば『金を貸したい、投資をしたい』と言ってくださるお方が山ほど出てくる。あたしの店に大金を抱えて押しかけてきたほどだ」

大和屋が頷いた。

「その小判がこの世から消えてしまったわけじゃぁない。皆、金蔵や、縁の下の壺の中に仕舞いこまれて、世の中に出てこない。金が回らなければますます商売は上手くゆかない。商売が上手くゆかないから投資しても割戻《わりもどし》の金（利息）はつかず、下手をすれば踏み倒されて返ってこない。するとますます金は仕舞いこまれる」

「不景気がさらなる不景気を生むんだよ」

豪商の二人が陰気な顔だ。菊野は空気を変えようと、明るい声をあげた。

「それならここで一番、讃岐屋の旦那が大儲けをして、割戻をいっぱいつけて、世間の人たちをアッと言わせるんですよ。讃岐屋さんに投資をすれば儲かるってぇ評判が江戸中に広がれば、小判を仕舞いこんでいなさるお金持ちも、ドッと小判を吐き出すに違いないからね」

大和屋は笑顔を取り戻した。大きく頷く。

「菊野姐さんの言う通りだ。讃岐屋さん、大商いを頼みますよ」

「よぅしきた。借りたお金を二倍にも三倍にもして、世間の目を覚ましてやろうじゃないか！」

菊野も笑顔だ。

「その意気ですよ」

芸者たちが三味線や太鼓を持って入ってくる。座敷は派手に盛り上がり、讃岐屋は気持ちよく気勢《きせい》を上げたのだった。

＊

翌朝――。

「退《ど》いた、退いたァ！」

江戸の通りに大声が響く。町人たちは慌てて道を空けた。声を発していたのは南町奉行所の役人たちだ。黒巻羽織姿の同心たちが血相を変えて往来の真ん中を突っ走っていく。

町人たちが見送った。

「また世直し衆かい」

「町奉行所もだらしねぇぜ。やられ放題じゃねぇか」

「いよいよ南北のお奉行様のすげ替えだぜ。それどころか老中の甘利様の御立場も危ないってぇ噂だ」

江戸の町人は武家屋敷で奉公する者が多い。奉公人は武家社会の機微《きび》に触れる。幕府内の動向は、町人の世間に正確に伝わっていた。

村田鋏三郎は走り続ける。木の橋をガタガタと踏み鳴らしながら渡った。一軒の商家の前では粽三郎が手を振っていた。

「村田さん、こっちです！」

村田は軒看板を見上げた。

「讃岐屋か。廻船問屋だな」

店の前には野次馬が集まっている。村田は、南町奉行所から引き連れてきた小者たちに野次馬の整理を命じて店に入った。

「ひでぇな」

踏み込むなり血の臭いが鼻をついた。表店には番頭と下女《げじょ》の死体が倒れている。尾上伸平が検屍《けんし》をしていた。

「番頭は正面から腹を刺されています。下女は背中を切り下ろされてる。番頭は曲者に外から声をかけられて、表の潜《くぐ》り戸を開けたところを刺されたんでしょう。下女は下女部屋から逃げてきて、追ってきた曲者にバッサリ、ってところでしょうね」

「二人とも住み込みなのか」

「通い番頭に面《つら》を検めさせました。殺された二人は、この店の住み込みで間違いないそうです」

通い番頭とは、店に住み込みではなく、よそに自宅を構えている番頭のことだ。住み込みの番頭よりも偉い。

「通い番頭はどこにいる」

「奥座敷で、主人の骸《むくろ》と対面していますよ」

尾上が肩ごしに振り返って、店の奥へと顔を向けた。途端に、

「旦那様ァ〜〜!」

男の太い泣き声が聞こえてきた。

それが同心の役儀とはいえ村田も愁嘆場《しゅうたんば》は好きではない。顔をしかめつつ奥座敷へ向かった。その途中の廊下にも死体が転がっている。障子に血飛沫がかかっていた。

粽が言う。

「押し込みの賊は大人数ですね。血を踏んだ草鞋《わらじ》の後がたくさん残ってますよ」

草鞋は藁《わら》を編んで作る。その足跡は指紋のように全部異なる。詳しく調べれば

悪党の人数が確定できるはずだ。

奥座敷の布団の上で讃岐屋の主人が大の字になって死んでいた。布団は大量の血を吸っている。一方、血を失った骸は白蠟《はくろう》のようだ。

村田は、泣き崩れている通い番頭の横にしゃがみ込んだ。

「気持ちはわかるが泣いていられたんじゃ困る。旦那の仇を討つためだ。しゃんとしてくれ」

「は、はい……なんなりとお尋ねください」

通い番頭は涙を拭って座り直した。村田は質す。

「悪党どもはこれだけの大人数で押し込んできやがったんだ。この店ン中にゃあ、ごたいそうな物があったに違いねぇ。いってぇ何を盗まれたんだ?」

通い番頭はハッと我に返った。

「金蔵に、お預かりしたお金が……!」

立ち上がって庭に降り、「ああっ」と悲鳴をあげた。金蔵の戸が開かれたままになっていたのだ。

「店の主人を殺して鍵《かぎ》を奪い、金を持っていきやがったのか」

通い番頭は蔵に飛び込み、

「ない！　お預かりしたお金がどこにもないッ……！」

半狂乱の叫び声をあげていた。

＊

甘利は大奥御広敷に呼び出された。秋月ノ局が入ってくるなり怒鳴り散らす。

「なにゆえ世直し衆の跳梁跋扈《ちょうりょうばっこ》を許しておるのじゃッ。江戸の町奉行所は老中の支配。悪党を捕まえることのできぬは、老中の責めであろうぞッ」

甘利は平伏するしかない。

「お叱り、ごもっとも……」

秋月ノ局は甘利の言葉を遮《さえぎ》って怒鳴り続ける。

「讃岐屋には妾《わらわ》も投資をしておったのじゃ！　妾の金が奪われたッ」

これには甘利も驚愕する。初耳だったからだ。

「お局様におわしましては、またもや利殖を……」

「妾が妾の金で投資をするのじゃ！　老中への断りなどいらぬッ」

秋月ノ局はグイッと身を乗り出して顔を近づけてきた。声をひそめて、早口で告げる。

「妾が利殖をしておる金は、妾の実家より出た金ばかりではないぞ！　京の公家衆の幾人かが金を出し合って妾に託した金なのじゃッ。金が戻ってこぬことになれば、京の朝廷はまるごと将軍家の敵となろうぞッ」

「な、なんと……！　いや、それればかりは……！」

「そなたの免職ぐらいで済む話ではないッ。左様心得よ！」

局は怒りも隠さず立ち上がると、甘利を置き去りにして出ていった。

甘利はその場で畳に手をついたまま動けない。

＊

尾張徳川家の上屋敷は広大である。御殿には見事な庭園が作られ、池には緋鯉《ひごい》が泳いでいた。

小姓《こしょう》が餌箱を掲げた。尾張大納言は餌を摘まんで鯉に向かって放り投げた。

まだ家を継いだばかりで、若者の面差《おもざ》しだが、さすがに尾張六十二万石の当主。若いながらも落ち着きはらった姿だ。

そこへ坂井正重がやってきた。裃姿である。庭の敷石の上に毛氈が敷いてある。坂井はそこに正座した。

「坂井主計頭、お呼びによって参じました」

尾張大納言は目をやって頷き返した。

「坂井よ。わしは日光社参について、上様に諫言《かんげん》しようと思うておる」

諫言とは、町人ふうに言えば〝文句を言って考え直してもらうこと〟だ。

「上様には上様のお考えもあろうが、今の世相では、日光社参で金子《きんす》を費《つい》やすことはよろしくない。……いったい誰が、このような暴挙を上様に勧めたのか」

「甘利備前守殿の進言だと聞いております」

坂井は正直には答えず、責任を甘利になすりつけた。

大納言の顔色は冴えない。

「尾張家にもお供が命じられたが、そのような金はどこにもないぞ。なんとしてもお考え直しいただく所存だ」

当然ながら坂井は同意できない。日光社参の浪費で幕府を衰亡《すいぼう》させるための策だ。ここで撤回されてしまったら、なんの意味もない。

「恐れながら、上様がお決めになられましたことに苦言を呈するのはいかがなものかと。尾張徳川家に対する心証が悪くなりましょう」

「じゃが！　金がないのだ。致し方があるまい」

坂井はジロリと目を向けた。不遜にも見える顔つきであった。

「金子の蓄えならば、ございまする。殿におかれましては、なにもご案じなさることはございませぬ」

「そんな金がどこにある！」

「こんなこともあろうかと、藩の財政をやり繰りし、金子を貯めておりもうした。これよりご覧に入れましょう。金蔵へ足をお運び下さいますよう」

坂井と大納言は連れ立って金蔵へと向かう。大納言のお付きの小姓や太刀持ちがついてきた。坂井は金蔵の扉を開けた。

大納言は瞠目《どうもく》した。蔵の中にはいつの間にやら、千両箱が積まれてあったのだ。

大納言は歩み寄って蓋を開ける。どの箱にも小判がつまっていた。燦然《さんぜん》と輝く黄金が大納言の顔を照らし上げた。

無論これらの金は世直し衆が運び込んだものだ。

坂井はニンマリと笑う。

「これだけの金があれば日光へとお供も叶いまする。殿におかれましては何もご案じなさいまするな。万事、この坂井主計頭にお任せくださいませ」

尾張大納言は、暗示にかけられたように言葉も出ない。無言で頷き返した。

三

「讃岐屋さんが斬られた、だって？」

三国屋の台所で菊野が顔色を変えた。悲報を報せたのは喜七だ。

「世直し衆に押し込まれて、使用人ともども無惨な有り様だったそうで」

菊野の衝撃は大きなものがある。手にした盆と湯呑茶碗を取り落としそうになった。

「お座敷でお相手をしたばかりだったのさ。久しぶりの大商いだって、張り切っていなすったよ」

「人の寿命ってのは、わからねぇもんですねぇ。くわばらくわばら。それはそうと菊野さん、今日は江戸中の大店が三国屋にお集まりです。ご贔屓の旦那を亡くして悲しいお気持ちはわかりますが、粗相のねぇようにお願いしますよ」

表座敷のほうからは、客人を迎える声が聞こえてくる。来客が次々と揚がってくる、そういう物音がひっきりなしに聞こえてきた。

「そろそろですね。お迎えをお願いします」

「わかったよ。……こっちも玄人だ。任せておおき」

　菊野は顔つきと襟元を整えて表店に向かった。

　その直後、台所口にオドオドと入ってきた男がいた。瀟洒《しょうしゃ》で上物《じょうもの》の装束《しょうぞく》を着けた町人姿の男だ。客が迷って入ってきたのであろう、と喜七は思った。

「旦那様、表店からお入りくださいませ。店の者に案内させましょう」

　店の小僧（丁稚《でっち》）を呼ぼうとすると、おカネが出てきた。

「喜七、いいんだよ。こちらのお方はお忍びだ」

　それから、謎の男に向かって低頭した。

「ようこそお渡りくださいました、甘利備前守様」

　喜七はギョッとなった。

（甘利備前守様……ッ？）

　思わずその場で腰を抜かしそうになる。

　甘利は、慣れない変装に戸惑っているのか、表情も所作《しょさ》もぎこちない。

「商人たちの合議が気にかかるによって、かくも推参いたした。世話になるぞ、おカネ」

　おカネも呆れている。

「そのようなお口をおききなさったら、たちまちにお武家様だと露顕《ろけん》いたしますよ」

菊野が戻ってきた。台所に顔を覗かせる。甘利に気づいてパッと笑顔になる。

「おやまぁ、甘利様じゃあござんせんか。近ごろはすっかり深川をお見限りでござんすねぇ」

「御用繁多《はんた》でな。八巻も誘うてくれぬしのぅ」

「あらあら。それにしても商人のお姿が良くお似合いですこと」

「左様か？」

「どこからどう見ても上方の商人の大旦那さんですよ。さあ、ご案内いたしましょうね」

菊野に乗せられて甘利のぎこちなさが解けていく。喜七は、

（さすがは菊野姐さんだ）

と感心した。

卯之吉は若旦那姿でめかし込んでいる。鏡の前に座って自分で髷《まげ》を整えていた。

卯之吉という男、こういうことは実に器用だ。玄人の結髪師《ゆいがみし》ばりの腕前を自分の頭で発揮できる。

「やっぱり町人髷は良いねぇ。お武家様の髷はきつく引っ詰めるのがいけないよ」

武士と町人では髷の結い方が違う。同心の髷を結うと、髪で眉や目尻が引っ張りあげられる。キリッとした武士らしい顔つきになる。一方、町人の髷は緩く結うので、顔つきがとろんとまろやかになるのだ。

銀八が顔を覗かせた。

「皆さん、お集まりでげすよ。さすがは若旦那でげす。江戸中の大店が顔を揃えていらっしゃいますよ」

「あたしの手柄じゃないだろう。沢田様と叔母上様が声をかけたからだよ」

そう言いながら両手に鏡を持って髷の形を確認している。

「どうだい銀八。髱《たぼ》は綺麗に整ってるかね」

「へい。それはもう、見事なもんで。……ですがね若旦那。本当に大丈夫なんでげすか。若旦那は南町の八巻様なんでげすよ。大店の旦那衆の中には、八巻様の顔を見知ったお方もいらっしゃるでげす」

「ははは。それは困ったねぇ。でも大丈夫。強面《こわもて》の幸千代君が八巻サマの名前で大暴れしてくれましたからね。あのおっかないお方と、このあたしが、同じ八巻サマだなんて思わないでしょうよ」

「こっちは頭がこんがらがってくるでげす」

そこへ甘利が顔を出した。卯之吉が気づいて「おや」と声をあげる。

「これはこれは甘利様。今日は小粋《こいき》なお姿ですねぇ」

それから自分の後頭部を見せつけた。

「あたしの髷はどうですかね？　綺麗に整っていますでしょうか」

非常識な振る舞いに銀八は失神しそうになる。甘利は声を荒らげた。

「たわけ者ッ、今日は大事な談合、商人たちをとりまとめることができるかどうかに将軍家の行く末がかかっておるのだぞッ」

「それで見届けに来たのですか。甘利様も心配性ですねぇ」

「心配にもなるわッ！　誰のせいで不安になっていると思ぅておるのだ！」

「えーと、上様のせい？」

「お前のせいだ！　いいか、しくじりは許さぬぞ。必ず大金を吐き出させて、大坂に送るように仕向けるのだッ」

甘利は卯之吉の部屋を出ていった。座敷の談合に戻るのだろう。

卯之吉は素知らぬ顔つきで髷を整えていたが、やがて腰を浮かせた。

「それじゃあ始めようか」

卯之吉は座敷へと向かう。

座敷には大店の主たちが二十人ばかり座っていた。これだけの商人を集めることができるのは三国屋の権勢があればこそだ。

おカネが対面して座っている。卯之吉が出てくるまで接客をしていた。もちろんおカネに油断は無い。海千山千の女商人だ。世間話をしているふりをして、相手の景気や懐具合などを探ることも忘れなかった。

卯之吉は軽く一礼して座敷に入って、商人たちの正面に座った。


その様子を庭の向こうから喜七と銀八が覗き込んでいる。

「大丈夫でげすかねぇ、若旦那」

これが江戸の商人としての〝顔見せ〟となる。しくじりは許されない。

菊野がこっそりと近づいてきた。

「大丈夫ですよ、卯之さんなら。上様の前でも、老中様の前でも、物怖《ものお》じしないお人なんだから」

おカネが紹介する。

「ここに控えしが三国屋の跡取り、卯之吉にございます」

卯之吉は皆に向かって優美に一礼した。

「不束者《ふつつかもの》にはございますが、祖父、徳右衛門の代人《だいにん》を務めさせていただきます」

おカネは続いて甘利を紹介した。

「こちらは大坂の掛屋、備前屋《びぜんや》さん」

「備前屋どす。今日は立会人を務めさせていただきます。江戸の商人衆の談合を見届けさせていただきますわ」

甘利は大坂城の城代を務めたことがある。その時には大坂の商人たちとの付き合いも密だった。口真似のエセ関西弁で挨拶した。

呑気者の卯之吉でも（怪しまれなかったかねぇ？）と心配になる。しかしそれでもヘラヘラと笑っていられるのが卯之吉だ。

「それでは始めましょうかね。皆さんご承知の通りに、ただ今のお江戸は不景気です。なにか手を打たないといけないですよね」

すると、集まった商人の中で一際恰幅《ひときわかっぷく》が良くて態度も大きな男が、わざとらしく、険しい面相をして首を横に振った。

「手を打てと言われてもねぇ……。あたしたち商人の力ではどうにもならない。本来なら、手を打つのは、ご公儀のお仕事じゃないのかねぇ」

「筑後屋《ちくごや》さんの仰る通りだ！」

と、商人たちが口々に同意する。

皆の賛意を受けて、その商人、筑後屋はニンマリと挑発的な笑みを浮かべた。

「肝心の御公儀が何もしてくださらないんじゃ、どうにもならない」

甘利備前守が「ムッ」と顔色を変えて何事か発言しようとした。だが、すかさずおカネが備前守の膝に手を置いて制止する。まずは商人たちの言い分を聞くように、と、目で訴えた。

筑後屋は、よもや老中が目の前にいるとは思わない。言いたい放題を口にした。

「三国屋の若旦那さんは、ご老中の甘利様とはご昵懇《じっこん》。甘利様のお屋敷にも足繁《あししげ》く出入りしていると聞きましたよ」

「出入りしていましたよ。閉じ込められてもいました。若君様の影武者――」

甘利がたまらず「三国屋ッ」と小声で注意する。卯之吉はハタと気づいた。

「ええと、そうそう。ちょっと込み入った商いを承《うけたまわ》りましてねぇ。口外できないんですけれど」

筑後屋は気難しそうな顔をしている。

「口外できない商いを賜《たまわ》るほどにご昵懇の三国屋さんなら、ただ今の江戸の商人衆の窮状を甘利様のお耳に届けてくださっても良いはずだ。なにゆえ甘利様は、この不景気を目の前にして、なんの手も打とうとなさらぬのか！」

甘利は目を剥いた。聞き捨てならない。しかし、またもおカネに促されて、渋々怒りをこらえる。

卯之吉は笑顔だ。

「ご公儀は、あたしたちを見捨ててはいらっしゃいませんよ。お心を悩ませておいでですし、手も打とうとなさっておいでです」

甘利が（そうだ、そうだ）と頷く。ところが筑後屋の憎まれ口は止まらない。

「効き目のある手が打てないのでは、何もしていないのと一緒ですよ」

商人たちは「そうです、そうです！」と同意する。口々に喚《わめ》き始める。

「日光社参で大儲けできると踏んでいましたが、利根川の決壊で話は変わりましたよ」

「公領の農民衆が災難で苦しんでいる中で日光社参を強行しても上手くゆくはずがない！　あたしたち御用商人には借金しか残りませんよ！」

「三国屋さん、あんた、そんなに甘利様と親しいのなら、あんたの口からなんとか言ってやっておくれな！」

「この不景気をどうにかしないと、江戸の商いは立ち枯れですよ！」

やいのやいのと言い立ててくる。すべて彼らの本音であろう。

甘利は唇を嚙みしめた。握った拳を震わせる。おカネが心配そうに見守っていた。

それでも卯之吉は呑気な笑顔だ。

「仰る通りです。この不景気をどうにかするために、本日、お集まりいただいたわけでしてねぇ」

筑後屋が挑発的な目を向けてくる。

「どうするのですかね。三国屋の跡取りさんのお考えを伺いたいものだ」

商人たちが身を乗り出して凝視してきた。

庭木の陰から様子を窺う銀八は気が気ではない。

「甘利様と若旦那は、吊るし上げでげすよ」

菊野も思案顔だ。

「三国屋の跡取りとして相応《ふさわ》しいかどうか、値踏みされているんだよ。ここが踏ん張りどころさ」

「若旦那、頑張るでげす!」

卯之吉は言った。

「そもそもどうしてこんなに不景気なのでしょう。小判の枚数が減ったわけじゃない。皆さんが蔵の中に小判を貯め込んだまま動かそうとしないから、世間様の金回りが悪くなるんですよね?」

商人たちは渋々頷いた。卯之吉は続ける。

「ご公儀は、上方から米を買い集めるように、とお命じです」

筑後屋が首を傾げる。

「そのための資金を我らにご用命ですかな」

「そうです。お米ならば必ず売れますよね? 書画骨董《しょがこっとう》を買わないお人がいても、米を買わずにいられるお人はいません。お米の商いにハズレはないのです。手堅く儲かりますよ」

商人たちの顔つきがパッと明るくなった。

「なるほど！　それなら手堅い」

しかしすかさず筑後屋が反論してきた。

「たとえどんな商いであっても、今の世相では蔵にしまった金を出すことはできませんよ！」

「どうしてですかね」

「金を出して、よそ様に預ければ、すかさず世直し衆に押し込まれる。大事な金を奪い取られてしまうんだ」

商人たちの表情が一瞬で暗くなる。

「筑後屋さんの言う通りだ。うちの店もやられた」

そう答えたのは大和屋であった。讃岐屋に投資をして、金を奪い取られた。

「町奉行所は世直し衆を捕まえられない。あたしの金は戻ってこない。もう一ぺん金を貸せ、と言われても、頷くことはできません」

別の商人が言う。

「不景気を言い訳にして、勝手に店を畳む悪徳商人も多い。借りた金を返さない。借金の踏み倒しだ！」

商人たちは「材木町《ざいもくちょう》の紀伊屋《きいや》さんもやられた」だの「麹町《こうじまち》の陸奥屋《むつや》さんもその手で店を潰された」だのと言い合った。

筑後屋は険しい面相で卯之吉を睨む。

「世直し衆と、借金の踏み倒しをどうにかしてもらえないことには、蔵の金を外に出すことはできませんな。こっちだって店の身代《しんだい》がかかってる。命がかかってるんだ。容易に『うん』とは言えませんよ」

商人たちは「筑後屋さんの言う通りだ」と同意した。

皆、怯えているのである。犯罪の恐怖に心を囚《とら》われてしまっている。

「困ったねぇ。ご公儀になんと伝えたらよいものか」

卯之吉はそう言った。同じ座敷に甘利がいることを忘れたような顔つきだ。

筑後屋は辛辣《しんらつ》である。

「こうなってしまった責めは、悪党たちを野放しにしているお上にある。あたしら商人が責められる筋合いじゃない」

「そうですよねぇ」

隠れて見ている銀八からすれば、『若旦那も南町の同心なのだから、お上の不手際に同意したらいけないでしょう』という話だ。

筑後屋は続ける。

「ご老中の甘利様は、信じてよいお人柄なのですかね？　薄ボンヤリとしたお人柄だとか、昼行灯《ひるあんどん》だとか、さんざんなお噂が聞こえてきますがね」

本人が目の前にいるとも知らずに酷いことを言い出した。甘利の目が思わず泳ぐ。

周りの商人たちが筑後屋を注意する。

「そのようなことを言って、もしも甘利様のお耳に入ったら、なんとします」

筑後屋は傲慢《ごうまん》にも首を横に振った。

「じかにお耳に入れたいぐらいですよ」

甘利は（入っているぞ！）と歯噛みする。

そして卯之吉は即答する。

「甘利様が昼行灯だという評判は、まったく正しいですよ」

甘利は（お前まで、わしの悪口を言うか！）と卯之吉に向かって目を剝いた。

卯之吉も甘利の存在を忘れている。優美に微笑んでいた。

「甘利様ご本人は、頼りないお人柄です。だけれども、きっと上手くおやりになりますよ」

「なぜ、そう言い切れるんです」

「甘利様の周りには、甘利様を放っておけないお人たちが集まってくるんです。例えば、上様の弟君の幸千代様なんかがですね。よってたかって甘利様を助けてしまう。ですから、甘利様はしくじらないとあたしは思います。甘利様を頼りにしても大丈夫ですよ」

商人たちは真面目に思案する顔つきとなった。

筑後屋が睨みつけてくる。

「甘利様をよってたかって助けるお人の中には、三国屋さんも含まれているのですかな?」

「不本意ですけどねぇ。なんだか、見捨てられないんですよねぇ。あなた方にも甘利様を助ける一味に加わっていただきたいと思っていますよ」

「ともあれ」と卯之吉は話を進める。

「こんな大事なお話を、この場で決めることはできないでしょう。皆様、持って帰って番頭衆とご相談なさって、よーく考えてから決めてください。それじゃあ、今日のところはお開きにいたしましょう」

談合は終わった。

「八巻めッ、わしの目の前で、好き勝手な物言いをいたしおって！」

商人たちは帰り、三国屋の奥座敷に甘利とおカネの二人だけが残っている。

甘利は怒り心頭《しんとう》だ。

おカネが優しく微笑んだ。

「甘利様のご人徳は素晴らしい、と、皆に伝えたのでございますよ」

「ものには言い様があろう！」

ひとしきり憤慨してから「それにじゃ！」と続けた。

「筑後屋なる商人も、いちいち抗弁してきおった！」

「彼《か》の者は、卯之吉の値踏みをしているのですよ。三国屋の主人に相応しいかどうか、両替屋行事に据えることのできる男かどうかを試しているのです」

「わしも八巻も試されておると申すか！」

「どうぞ、お勝ちなさいませ」

おカネに言われて、甘利は「むっ」と唸った。しばらく考えてから、

「負けはせぬ」

と答えた。

*

歌舞伎小屋の桟敷席《さじき》に坂井主計頭正重の姿があった。金持ちや高い身分の客が観劇をするための席だ。

坂井は無言で陰鬱に座っている。舞台では華やかな謡《うた》いと踊りが繰り広げられ、升席《ますせき》の客は歓声を上げていたが、坂井は芝居に心を動かされた様子はなかった。

そこへ香住屋の主人が入ってきた。江戸の金持ちから金を集めたうえで店を潰し、借りた金を騙し取っている男だ。ヘチマに似た顔に愛想笑いを張りつけていた。

「手前の店から出した為替でございますが、附家老様のお陰をもちまして、無事に名古屋で換金できましてございまする。三国屋のおカネに回状を出されて難儀しておりましたが、どうにか首がつながりました」

香住屋が計画倒産で得た金は、名古屋で小判に戻されたのだ。つまり、江戸の商業圏の金が名古屋の商業圏に移されたことになる。

坂井はどす黒い顔で頷き返した。

「江戸に貯まった金が名古屋に運ばれる。我らとしても、願ってもないことだ」

「江戸はますます貧しくなり、名古屋は日本一の商都となりましょう」

「そうなれば良いがな」

「きっとなりましょう。その暁《あかつき》には坂井様、手前に名古屋の両替商行事をお命じくださいませ。この香住屋、三国屋を超える大店となって坂井様をお支えいたしとうございまする」

「ふむ」

「江戸の商人を誘い合わせまして、名古屋で商いをするように勧めておるところにございまする」

桟敷席の障子が開いて、恰幅の良い商人たちがゾロゾロと入ってきた。坂井に向かって平伏する。香住屋は笑顔で紹介した。

「江戸での商いに不安を抱えて、名古屋で商いを始めたいとの考えを持つ商人たちにございます」

その中には筑後屋がいる。それどころか大和屋の姿もあった。坂井の陰謀で大損させられたのだが、もちろん気づいてはいない。

「物騒な江戸での商いはもうウンザリでございます。名古屋での商いをお許しいただきとうございます」

菓子折りを差し出してくる。もちろんその中身は小判だ。

坂井は尊大な態度で頷いた。

香住屋がヘチマ顔に愛想笑いを張りつけて擦り寄っていく。

「間もなく、江戸の商人のことごとくが坂井様の掌《たなごころ》の上に乗りましょう」

「うむ。商人への誘いかけはそなたに任せる」

そこへ、坂井の近習《きんじゅう》がやってきた。

「秋月ノ局様、お渡りにございまする」

坂井と香住屋はサッと退いて局のために道を空けて、平伏した。局が静々と入ってきて侍女の介添えを受けながら座った。

「歌舞伎は良いのぅ。心が晴れ渡るようじゃ」

卯之吉のせいですっかり観劇好きになってしまった局であった。少女のような顔つきで舞台を見下ろしている。

「ときに坂井主計頭よ。妾が京の実家より持参した金を、名古屋の商人に投資する件はどうなった」

「無論のこと、進めておりまする」

するとこの場の商人たちがどよめいた。

「秋月ノ局様も、名古屋に財貨をお移しになるのでございまするか……」

江戸から資産を避難させる話は幕府の重職にまで及んでいるのか。だとすれば、乗り遅れてはならない。皆、そう感じたのだ。

坂井が香住屋を紹介する。

「お局様、こちらに控えまするは香住屋にございまする。江戸の店を畳んで名古屋に店を構えまする。それがしの意のままに動く商人にございまするぞ」

「香住屋にございまする。お見知り置きを……」

「左様か」

商人たちからも次々とお酌をされて盃を傾けた。

香住屋がご機嫌取りの笑顔を向ける。

「お局様ご贔屓の役者を呼んでおりまする」

「おう。気が利くではないか」

香住屋に呼ばれて入ってきたのは由利之丞であった。局はご機嫌の笑顔だ。

「そなたか。今日は替えの着物を持ってきておらぬ。粗相《そそう》をいたすでないぞえ」

由利之丞も笑顔で擦り寄った。

「先日の失態のお詫びをかねまして、本日は誠心誠意、お相手を務めさせていただきまする」

銚釐《ちろり》を手にして注ぎ口を差し向けた。

＊

広大な庭園の中を三国屋徳右衛門が歩んでくる。白砂《しらすな》が敷きつめられた道の中には踏み石が並んでいた。道の先には一軒の茶室が立っていた。

徳右衛門はにじり口の前で屈《かが》む。

「三国屋徳右衛門にございます」

茶室の中に向かって挨拶すると、

「入れ」

と返事があった。徳右衛門はにじり口を開けて入った。

狭い茶室には茶釜が据えられて湯気をあげている。そして客の席には将軍が一人で座っていた。徳右衛門に笑みを向けてきた。

「久しぶりにそなたの点前《てまえ》の茶が飲みたくなってのぅ」

徳右衛門は「ハッ」と答えて平伏する。

「有り難きお言葉を頂戴いたしました。精一杯、務めさせていただきまする」

徳右衛門は亭主の席に移動する。見事な点前で茶を点《た》てた。

「どうぞ」

将軍の前に茶碗を進める。

「頂戴いたす」

将軍はゆるゆると茶を喫《きっ》した。さも美味そうに飲み干すと茶碗の縁を拭《ぬぐ》って返した。

「見事なお点前でござった」

徳右衛門も会釈する。茶碗を湯で濯《すす》いだ。

将軍は「ふーっ」と息をついた。

「そなたとこうしていると、亡き父上を思い出す」

「先の上様にございまするか」

「左様。『茶の湯は同仁《どうじん》。同仁とは身分の隔《へだ》ての無きことを言う』。父上は常々そう仰せであった」

「お父上様は手前のごとき商人をお招きくださり、茶を飲んでくださいました」

「つい先日のことのように思い出されるのぅ。あの頃は、茶室の外には備前守と主計頭が控えておった」

当時は二人ともが親藩の小大名であった。先代将軍の近臣として仕えていたのだ。

その息子、当代の将軍は悩ましげに俯いた。

「なにゆえ父上は、備前守に甘利家を継がせたのであろうか……」

徳右衛門は首を傾げて尋ねる。

「甘利様のご手腕にご不満がございますのでしょうか」

「心根の善《よ》き者だとは想うが、政《まつりごと》の手腕には疑問が残る。茫洋《ぼうよう》として、何を考えておるのか余《よ》にもわからぬ。坂井が老中であったならば、いかほど心強いかと、正直、何度も思ったものよ」

将軍は何を思い出したのか、遠い目をした。

「父上がご臨終の時……父は余を枕元に呼び寄せた。余の手を握って仰せられた。父親として何もしてやれなかったが、最期にお前に備前守を残す——となＪ」

将軍は小さくため息をついた。

「余は、父の遺訓を守り、備前守を老中に据えた。しかし……」

徳右衛門はもう一杯の茶を点てて将軍の前に置いた。将軍の顔を覗き見る。

「甘利家はご老中に就任できる譜代の名門。上様の治世を支える家柄。一方、坂井家は尾張家の附家老。雲泥《うんでい》の差にございますな」

「町人の物言いを借りれば月とスッポンじゃ。余には坂井の才覚が夜空の月のごとくに輝かしく見える。いっぽう、甘利はスッポンだ。とてものこと、頼りにできる人柄とは思えぬ。徳右衛門」

「なんでございましょう」

「余の鑑相《かんそう》（人物評価）は外れておろうか」

「外れていると言ってほしい、というお顔でございますな」

徳右衛門は黙って考えてから、微笑んだ。

「上様にお聞かせ申し上げたいお話がございます」

「なんじゃ。申せ」

「先代の上様が、それがしにお漏らしになったことがございます。主計頭正重様は天下の秀才――」

徳右衛門は、その日の光景を鮮明に思い出した。今、目の前に先君が座り、先君の言葉を耳で聞いているかのような心地がした。

先君《せんくん》は迷いのない、確かな口調で徳右衛門に告げた。

「主計頭は天下の秀才。主計頭自身も己の才覚を自負しておろう。験《ため》しに彼《か》の者に問えば、どんな難問でも即座に答える。その頭の切れには、余も舌を巻くほどじゃ」

その時の徳右衛門は問うた。

「では、主計頭様に甘利家をお継がせなさいまするか」

「否」

将軍は即答した。

「甘利家は備前守に継がせる」

「なにゆえにございましょう。お心をお聞かせくださいませ」

「備前守はうって代わっての凡才じゃ。何を問うても即答できぬ。じゃが、備前守は、おのれにわからぬことは周りの者に尋ねるのじゃ。すると不思議なものでのぅ、備前守の周りには優れた人士が集まり、あれこれと知恵を集めて良案をまとめあげる。それを備前守は余の許《もと》に持ってまいる」

「ほう」

「備前守に問うて、答えを誤ったことはない。それどころか、余の思惑を超えた良案を持ってまいるのじゃ」

「備前守様は、よろしき者たちに支えられておわしまするな」

「主計頭は、己の知能を頼りにして一存でなんでも決めてしまう。そして時として大きな過《あやま》ちをしでかす。しかもそのことを主計頭は、決して認めようとはせぬ。彼の者は危うい。天下の権を握らせてはならぬ。よってわしは主計頭を尾張に遠ざけることにしたのじゃ」

先君は茶碗を手に取って美味そうに飲んだ。自分の決断に満足している顔つきであった。

「備前守は、才覚では主計頭に遠く及ばぬ。しかし備前守は大きな入れ物の如き男。他人の才覚を己の内に受け入れて活かすことができるのだ。徳右衛門よ、余は、これこそがまことの大気者《たいきもの》じゃと思うておる」

先君は茶碗を置いた。

「余は、備前守を倅《せがれ》に残す。備前守ならば、きっと倅を支えてくれよう」

徳右衛門は大きく頷いて、先君の決断に同意した。

「――ということがございました」

将軍は食い入るように徳右衛門を見つめている。

「余は、備前守を頼りにしても良いのか。ただ今の天下の災難を、備前守は乗り切ってくれようか」

「甘利備前守様は、この難局を乗り切るための策を、多くの者に諮問《しもん》しておわしまする。そして様々な良策が多くの学者や諸役人から上げられておりまする。我ら商人や、公領の農民たちからの意見も、甘利様は集めておわします。甘利様はまことに大きな器のごときお方。甘利様に届けられた策は甘利様のご胸中《きょうちゅう》で取捨選択《しゅしゃせんたく》され、煮詰められ、間もなく、良策となって上様に上申《じょうしん》されましょうぞ」

将軍は「ああ」と声を漏らした。

「徳右衛門。今こそ余は、父の遺言を得心いたした」

将軍の目に涙が滲む。

「父上は、まことに偉大な将軍であった。徳右衛門、余の短慮を笑え。余は、父上には遠く及ばぬ非才の将軍じゃ」

「いいえ。あなた様も常にご熟慮をなされ、常にお悩みにございまする。先君のお言葉をお借りすれば、それこそが大気者の証《あかし》。この上なく賢明なる将軍様のお姿にございまするぞ」

「お前にそう言ってもらえて、どれほど心強いことか」

「天下を救う方策は、必ずございまする」

将軍は「うむ」と答えて頷いた。大きく息を吸うと、こころなしか晴れやかな顔つきとなって立ち上がった。

「茶を馳走になった。少々苦《にが》い茶ではあった。徳右衛門、余に苦い茶を飲ませたくなったならば、いつでも訪ねてまいるがよい」

徳右衛門は低頭する。将軍は堂々と茶室を出ていった。

＊

江戸日本橋の二丁町《にちようまち》には歌舞伎芝居に従事する人々が多く住み暮らしている。千両役者でもないかぎり、役者も貧乏長屋に住む。古びた長屋がゴチャゴチャと立ち並んだ中に炊き出しの釜が据えられ、男たちが集まって粥《かゆ》をかきこんでいた。

大道具担当の職人が金槌《かなづち》を振るっている。舞台に上がる宝船を作っているようだ。金槌の音が騒々しい。

そこへ一人の若造が走り込んできた。長屋のひとつの障子戸をホトホトと叩く。障子戸が開けられて由利之丞が顔を出した。

若造が何事かを告げた。由利之丞は頷いて、若造に駄賃の小銭を握らせた。若造は走り去っていく。

「軽業の仲間から繫《つな》ぎが届いたよ。世直し衆らしき連中が集まってるって話さ」

一膳飯屋で由利之丞が水谷弥五郎に囁《ささや》いた。

水谷は茶漬けの飯をかきこんでいる。

「それはどこだ」

「深川洲崎《すさき》十万坪さ。濱島与右衛門先生が人と材木を集めてる。橋を架けるって吹聴《ふいちょう》しているけどさ、それは口実で、悪党どもが集まってるらしいや」

「濱島か。八巻殿の友人の学者であろう？　悪事を働くであろうかな」

「美鈴さんがいなくなった時、濱島も下総《しもうさ》にいたんだ。濱島が美鈴さんを攫《さら》っていったのかもしれないよ」

「そうだとしても、美鈴殿が悪事に加担して三国屋を襲う理由がわからん」

「ともかく探りを入れようじゃないか。あっちが悪党を集めてるってのなら、潜り込むのはわけもないだろう？」

「そう簡単に申すな」

「どこからどう見たって弥五さんは人斬りの悪党じゃないか。怪しまれやしないよ。いや、これは褒めてるんだからね」

「褒めてるようにはとうてい聞こえぬぞ。……ともあれだ。八巻殿のことも美鈴殿のことも放ってはおけんなぁ。一肌脱ぐといたすか」

「本当にね。世話の焼ける二人さ。美鈴さんを見つけ出して、若旦那からたっぷりとご褒美を頂戴しようよ」

二人は飯屋を出た。湿った風の吹きすさぶ中、十万坪を目指して歩きだした。

＊

世直し衆の隠れ家には掘割を舟で渡ることでしか近づけない。深夜、掘割の水は静かに流れていた。

一艘の舟が漕ぎ寄せられてきた。悪徳商人の香住屋が乗っている。舟を降りると隠れ家へと入っていった。

隠れ家の座敷では濱島与右衛門と美鈴が待っていた。濱島が正面に座り、美鈴は部屋の隅に控えている。

香住屋が腰をかがめながら入ってきた。ヘチマに似た顔には卑屈な愛想笑いを張りつけている。濱島の前に座って低頭した。

「ご用命の材木、無事に買い揃えましてございまする。いつでも洲崎の十万坪にお届けできまする」

濱島は喜色《きしょく》を満面に浮かべた。

「左様か！　これで念願の橋造りが叶うぞ！」

「材木は入念に吟味させていただきました。当然、お代は高くつきまするが、残りのお支払いは、どのように？」

「任せておけ。万に一つの遺漏《いろう》もない」

香住屋はニッコリと微笑んで頷いた。

「手前も心配はしておりませぬ。世直し衆ならば、千両でも万両でも、一夜でかき集めることができましょうからねぇ」

濱島は驚いて目を剝いた。思わず刀に手を伸ばす。

「そなたは、我らの素性を……！」

香住屋は、手のひらを濱島に向けて制した。

「もちろん存じておりますとも。坂井様より伺いました。手前は、世直しのお志に共鳴したうえで、材木を整えさせていただいたのです。わたしめのことも世直しの同志だとお心得置きください……」

臆面もなく愛想笑いを向けて、粘《ねば》ついた目を濱島に向けてくる。

濱島は座り直して刀を置いた。

「あいわかった。今後ともよしなに頼む」

香住屋は不気味な笑顔で低頭して、帰っていった。

暗い座敷に濱島と美鈴だけが残る。美鈴は不承知の顔つきだ。畳の上でズイッと膝を滑らせて濱島に迫った。

「あの者は悪党にございまする。お近づけにならぬほうがよろしいかと」

「わかっておる」

悩ましげな顔つきで俯き、羽織の袖の中で腕を組んだ。

「しかし我らとて、商家を襲って金を奪い取る悪党であろう」

濱島は決然と顔を上げた。

「悪事によって架けられた橋であろうとも、橋そのものにはなんの罪もない。世のため人のためになるのだ。橋が完成すれば、洲崎の荒野にも人が住むようになる。貧しい者たちが家を構えて安心して暮らせるようになるのだ。これこそが義《ぎ》挙《きょ》だ。わしは自分の信じた道を突き進む。なにを恐れることがあろうか！」

濱島は美鈴の手を握った。

「あなたは、最期まで、一緒にいてくれると約束した」

美鈴は頷く。

濱島は美鈴の膝にすがる。ゆっくりと膝枕の姿勢になった。

「わたしにはもう、恐れるものはないのだ……」


十万坪の荒野の中に大勢の男たちが集まっていた。槌音《つちおと》が響く。丸木を組んだ足場が建てられていく。

材木も荷車に乗せられてどんどん運び込まれてくる。そんな喧噪のただ中に、南町奉行所の内与力、沢田彦太郎と、筆頭同心の村田銕三郎が乗り込んできた。

沢田が大音声《だいおんじょう》を発する。

「これはなんの騒ぎだ！　我ら町奉行所には与《あず》り知《か》らぬ普請《ふしん》！　なんの届けも出されておらぬッ。許しも与えておらぬぞッ」

大きな普請（工事）の際には町奉行所の許可を得なければならないのだ。勝手な工事は違法であった。

濱島が出てきた。工事現場に相応《ふさわ》しく、袖の細い羽織と、裁《た》っ着《つ》け袴《ばかま》を穿《は》いている。

濱島は動揺していない。落ち着きはらっていた。

沢田が怒鳴りつける。

「濱島与右衛門ではないか。そのほうが宰領人《さいりようにん》（現場監督）かッ。なにゆえ勝手に普請を始めたのか、申し開きがあるのならば、申せッ」

「我らは尾張徳川様の御用を承っておりまする」

「な、なにッ、尾張様のッ？」

沢田の顔色が変わった。たった今まで顔を真っ赤にして怒っていたのに、急に真っ青な顔つきになる。

濱島は冷ややかに語り続ける。

「この地に尾張様がお抱え屋敷をお構えになられまする。便の良きように橋を架けよと命じられ、我らはかくも働いておりまする」

「お、尾張様が、新たなお屋敷を構える？　我らは聞いておらぬぞッ」

「間もなく上様からお話がありましょう。ご不審ならば、尾張家の附家老、坂井主計頭様にお問い合わせくだされ」

沢田としては「ぐぬぬ」と唸るしかない。

「尾張様への邪魔だては、そこもとにとってもよろしくないと心得るが？」

などと濱島から皮肉を言われてスゴスゴと引き下がるしかなかったのだ。

槌音を背中に聞きながら普請場を離れる。村田が沢田に迫ってきた。

「この普請、ただごととは思えませぬ。集まっている者たちは悪相の者たちばかり。普請もまるで砦《とりで》を築いているように見えまする！　もしもこの普請場に世直し衆が立て籠もったならば、容易に捕縛はできませぬぞ！」

「わかっておるッ。じゃが、尾張様の名を出されたら引き下がるしかない。あっちは三葉葵《みつばあおい》だぞ。どうすれば良いと言うのか」

沢田は意気の萎《な》えた顔つきで歩いていく。一方の村田はしつこい。諦めることをしない男だ。顔に怒気を昇らせながらついていく。

＊

沢田彦太郎は三国屋に向かった。勝手知ったる様子で上がり込み、奥座敷へと向かう。

「三国屋、おるかッ。わしじゃ！」

ふんぞりかえって踏み込んだ奥座敷には甘利備前守がいた。目を沢田に向けている。沢田は真っ青になり、瞬時に冷や汗を滲ませた。

「ごっ、ご老中！　どうして……こんな所に……」

「微行《びこう》での推参ゆえ、騒ぎ立てるな」

微行とは〝お忍び〟のことだ。この日の甘利は町人に扮装している。もっとも、床ノ間の前という、いちばん格の高い座所《ざしょ》に堂々と座っているのであるが。

おカネと卯之吉も入ってきた。三人で、甘利の前に座った。

甘利は卯之吉に目を向ける。

「上方より米を買い集める策じゃが、江戸の豪商たちは公儀に金を『貸してもよい』と申したか」

卯之吉はいつものように気の抜けた笑みを浮かべている。

「いいえ。皆さん、出し渋っていますねぇ」

「江戸の者たちが飢えるのはもちろんのこと、京におわす帝や公家衆までもが難儀なさるのじゃぞッ。この道理をしかと言いきかせたのか」

「言って聞かせましたけれど、なかなか難しいですねぇ」

沢田彦太郎が、ここは老中と一緒に卯之吉を責める時だ、と空気を読んで卯之吉を叱りつける。

「町人どもが金を持っていないはずがなかろうッ。なにゆえ出し渋るのか」

「お金を蔵から出してどこかに預けたら、たちまち世直し衆に奪い取られると思ってるんですよ。町奉行所が、世直し衆を捕まえることができないですからねぇ」

沢田はたちまち居心地の悪そうな顔となって首を竦《すく》めた。老中の前でとんだ藪蛇だった。

おカネが語りだす。

「江戸の金持ちたちは江戸の商いではなく、名古屋の商いに投資をしようとしております。名古屋ならば盗賊の跋扈もなく、安心して商いができると口々に申しております。甘利様」

おカネが深刻な目を向ける。

「上様の権威をもってしても、金の流れを押しとどめることはできませぬ。日本《ひのもと》が始まってからこの方《かた》、金と商人を意のままにできたお武家様は、一人もいらっしゃいませぬ」

甘利は胃の痛そうな顔をした。

「いかにせよと申すか」

「まずは、日光社参をお取《と》り止《や》めくださいませ。その金を江戸の商いと暮らしを支えるために使う、と、上様のお言葉を頂戴いたしたく存じまする」

甘利はますます困った顔をする。

「わしも上様には、何度もお考え直しくださるようにお願いした。じゃが、お聞き届けくださらぬのじゃ」

卯之吉は呑気な顔で首を傾げている。

「お願いの仕方が悪いんじゃないですかね？」

「なにッ。その雑言《ぞうごん》、聞き捨てならぬぞッ」

甘利が思わず腰を浮かせる。普通であればこの場でお手打ちにされてもおかしくない暴言だ。しかし卯之吉はまったく動じていない。

「日光社参を取り止めたいです、だけでは、どうして取り止めるべきなのか伝わらないでしょう。取り止めたことで浮いたお金は、こういうことに使いたいですとご説明申し上げて、ご納得いただきませんとねぇ」

「それは理のある申しようじゃが、しかし、浮いた金を何に使う」

卯之吉はパッと明るい顔となった。

「頼母子講《たのもしこう》の元手にしたら、どうですかね。江戸中の商人を集める大きな講になりますよ」

「頼母子講？　なんじゃそれは」

甘利は、わけがわからない、という顔をしている。沢田彦太郎も同様だ。

おカネだけが即座に察して、ハッと驚いた顔をした。

「なるほど、講を立てようってのかい。それなら一口乗ろうという商人たちが大勢で集まってくるだろうね」

「わしにはわからぬッ」

甘利は話についていくことを諦めた。

卯之吉は笑顔で甘利ににじり寄る。

「このこと、上様に説いてくださいましな」

「そなたたちには良案がある様子じゃが、わしにはわからぬのだッ、わからぬ物を説明できるはずがあるまいッ」

「それならあたしの口からご説明申しあげますよ」

「馬鹿を申せッ。無位無官のお前が上様にお目通りの叶《かの》うはずがない！　徳川家に仕える武士ですら、御家人たちは、目通りが許されぬのだぞッ」

将軍に目通りできる高位の武士が旗本と呼ばれ、目通りできない微禄《びろく》（薄給）の武士は御家人と呼ばれる。高級官僚と現業《げんぎょう》の公務員みたいな扱いだ。

「面倒臭い格式を守ってるんですねぇ。でも、あたしは、なんとしても上様の御《ご》前《ぜん》に出たいですよ。あたしの考えをご披露できないと気が済まない」

「馬鹿を申すな」

「打つ手はあるでしょう」

「どんな手だ」

「万事、この卯之吉にお任せくださいましよ」

甘利は目を瞬《しばたた》いた。なんだか知らず、卯之吉の気迫に呑みこまれたような顔をしていた。

*

江戸城の御殿に登城の太鼓が打ち鳴らされた。

大勢の大名が静々《しずしず》と足を運んでくる。と、その大廊下《おおろうか》にガッと仁王立ちした男がいた。

大名たちがハッと気づいて道を空ける。その場に平伏して男を通した。

男が大声を張り上げる。

「我は幸千代であるッ。これより兄上に目通りいたす！　何者も邪魔だていたすなッ」

将軍への目通りの予定（アポイントメント）はいっぱいに詰まっていたが、こうなっては仕方がない。時間や日にちをずらすしかない。大いに迷惑だが、将軍の弟に異を唱えることができる者はいなかった。

幸千代の行歩《こうほ》はまさに傍若無人《ぼうじやくぶじん》。大股で大廊下を渡り切ると、とある一室に入った。

その座敷には卯之吉がチョコンと座っていた。

「ご面倒をおかけいたしました」

「礼や詫《わ》び言ならば甘利の口から言わせよ」

幸千代は卯之吉の前にしゃがみ込んだ。

「今年に入ってからの苦難続き。上様はお悩みだ。甘利も憔悴しきっておる」

幸千代は鋭い眼光を卯之吉に据えた。

「そのほうには、兄と甘利を救うための、確かな手立てがあるのじゃな」

卯之吉はニッコリと頷いた。

「ございます。ご安心ください」

「ならばよい。行ってまいれ」

卯之吉は低頭してから立ち上がった。その装束は幸千代が着ている物とまったく同じだ。

甘利が迎えにやってくる。卯之吉だけを連れて将軍の部屋に向かった。

江戸城内は広大だ。廊下も四方八方に延びている。卯之吉が先に立って歩き、甘利がお供についてくる。卯之吉が野放図《のほうず》に歩んでいくと、

「そこをまっすぐに進んだならば大奥に行ってしまうぞ。急いで右に曲がれ」

甘利が小声で注意を促した。大奥の御錠口《おじょうぐち》では女中たちが〝幸千代の不審な振る舞い〟に気づいて首を傾げている。甘利はまったく気苦労が絶えない。

将軍は今日も執務に追われている。小姓《こしょう》が差し出す書状に署名するのに忙しかった。

そこへ甘利が入ってきた。将軍に向かって平伏する。

「幸千代君のお渡りにございまする。内密の用件ゆえお人払いを願う、とのお言葉にございます」

「よかろう。お前たちは下がれ」

将軍は小姓たちに命じた。小姓たちは静々と出ていった。

入れ代わりに正面から幸千代が入ってくる。将軍は親しみを顔に浮かべて、

「おう、息災《そくさい》であったか」

と声をかけた。

だが、すぐに顔つきが険しくなった。

「……何者じゃ、そなたは」

急いで甘利が説明する。

「江戸の両替商行事、三国屋の跡取り、卯之吉にございます」

「三国屋の卯之吉じゃと？　先の騒動で幸千代の替え玉を務めた男か」

「本日は、両替商行事として上様のお耳に入れたきことがある、とのことで、推参をいたしました」

「そのようなこと、許した覚えはないッ」

するると大きな声が隣室から聞こえた。

「それがしが許しました」

襖が開いて幸千代が堂々と乗り込んでくる。

「責めならば、それがしが一身《いっしん》に負いまする。今はなにとぞ、三国屋のお言葉に耳をお傾けくださいまするよう」

将軍は、怒ったような、呆れたような、顔をした。

「皆で余を担《かつ》ぎおったな……」

ボソッと呟いてから卯之吉に顔を向けた。

「あいわかった。申すが良い！」

卯之吉はチョコンと低頭する。

「それではお話をさせていただきます。上様は三国屋に江戸の商人や金持ちたちの束《たば》ねをお命じくださいました。金持ちたちが貯め込んだ金を投資させて、西国《さいごく》のお米を買い集めさせようというお考え」

「いかにも。甘利を通じて余が命じた」

卯之吉はニッコリと微笑んだ。

「三国屋には無理です。金持ちたちから金を引き出させることはできませんでした」

将軍の表情がますます険しくなる。

「泣き言をわざわざ言いに参ったのか。不景気で商人たちの投機欲が減っておることは承知しておる。凶賊どもの跋扈で大金を動かすことを心配しておる、という話も甘利より聞いた。じゃが！　そこを押して説き伏せて、商人たちに投資を促すのが、その方に余が託した役目ではないか！」

「手前には無理です」

「では諦めよと申すかッ。江戸の民は飢えておる。京におわす帝もお心を痛めておわすのだぞッ」

「あたしには無理だ、と申しましたけれども、まったくの無理だとは言ってませんよ。ちゃんと方策がございます」

「どのような」

「上様に金を集めていただきます。上様ご自身に、高利貸しをやっていただきたいのです」

「なんじゃと……？」

「金持ちたちは貸し倒れを恐れて投資をやりたがりません。貸した金が返ってこないのでは丸損です。でも、上様が借金の胴元をしてくださるなら安心です。徳川将軍家が借金を踏み倒す、なんてことは、将軍家がなくなりでもしない限り、ありえないお話ですからね」

「余が金を集めてどうする」

「投資を求めている商人にお貸しください」

「踏み倒されたら、余の丸損ではないか」

「上様からお借りしたお金を踏み倒せる商人なんかおりませんよ。上様、悪徳商人たちは他人《ひと》から借りた金を踏み倒そうと画策しております。金持ちたちは、踏み倒しが恐くて金が貸せないので無駄に貯め込んでいます。そこに一枚、上様がお噛みなされることで、悪徳商人たちを一掃することができるのです」

卯之吉に続いて甘利がズイッと膝を進めた。将軍に顔を向ける。決然と目を据えた。

「上様が天下の金をお集めなさり、上様が商人たちに金をお貸しなさる。これを

『公金貸付』と名付けました。勘定奉行所を窓口とし、公金貸付役所を新設いたします」

将軍は甘利に向かって質《ただ》す。

「勘定奉行の四名は承知のことか」

甘利は頷いた。将軍の正面の障子が開かれて勘定奉行が入ってきた。勘定奉行は定員が四人である。四奉行が居並んで平伏した。最古参の老奉行が代表して将軍に上申する。

「我ら勘定奉行の四名、甘利様よりご諮問を受け、この件につきまして、勘定所の役人を集めて協議いたしました」

「して、その方どもの総意は」

「甘利様のお考えに賛同いたします。これなるは、勘定奉行所でまとめ上げた立案書にございます」

盆にのせられた分厚《ぶあつ》い帳《ちょう》（書類を綴じて本にしたもの）が提出された。幸千代がズカズカと歩み寄って帳を摑んで、兄の将軍の手許まで運んだ。

手渡されながら将軍は弟に尋ねる。

「お前も賛同しておるのか」

「それがしには量りかねまするが、甘利と三国屋に任せておけば、大事はございますまい。二人とも信を置くに足りまする」

将軍は頷いて帳を受け取った。「しかしだ」と続ける。

「商人たちに金を貸すのは良いが、幕府の財政は逼迫しておる。『金を貸してくれ』と言ってきた者に『貸せる金が尽きた』とは申せまい。余の恥となる」

「いかにも、御金蔵のお金は足りませんねぇ」

卯之吉が思ったことをそのまま口に出したので、その場の全員が凍りついた。

甘利が急いで言上《ごんじょう》する。

「公金逼迫の対処につきましても、上様にご善処をいただきたき儀がございまする」

「申せ」

「財政の立て直しは急務。なにとぞ、日光社参のお取り止めをお願い申し上げまする！」

将軍は険しい顔を向けた。

「日光社参は無駄遣いではない。社参に費やされる金が公領の者たちを潤わせるのじゃ。窮民を救うためのものぞ」

「ただ今の公領は三年続きの長雨と利根川の決壊によって窮しております。日光社参は公領の民を苦しめることにしかなりませぬ」

そこへ一人の武士が裃《かみしも》姿で入ってきた。将軍の前で平伏する。

「関東郡代《かんとうぐんだい》、伊奈軍太夫《いなぐんだゆう》にございまする」

関東郡代は関東地方の惣代官《そうだいかん》（総代官）だ。各地に派遣されている代官たちを統括する管理職である。

「甘利様のご諮問を受けまして、代官たちに命じ、公領の民の暮らしぶりを検《あらた》めましてございまする。恐れながら、ただ今の公領に日光社参をお命じになることは、民にとって益《えき》するよりも苦しむことが多ぅございまする！」

老勘定奉行も言上する。

「勘定奉行所も、関東郡代と同意にございまする！」

関東郡代と四人の勘定奉行が平伏した。将軍に善処を得るまで顔は上げない、という意志を感じさせた。

将軍は卯之吉に目を向ける。

「江戸の商人たちも、日光社参には反対か」

「手前ども御用商人は、上様がどんな政策をお出しになろうと、承った商いで利益を出しますけれども、甘利様が駄目だと仰るのなら、甘利様のご意向に従いますよ」

「ずいぶんと高く甘利を買っておるのだな。なぜそこまで甘利に従うのか」

「だって甘利様は、寝ても覚めても、将軍家がどうすれば立ちゆくのか、そんなことばかりを考えておいでですから。将軍家が傾いたら困るのがあたしたち御用商人ですからね。思いは甘利様と一緒です」

将軍は「ふふ」と笑った。

「そういう理由でお前たちは、甘利を首魁《しゅかい》とする一党に加わっておるのか」

将軍は、甘利と、勘定奉行の四人と、関東郡代と、幸千代を順に見た。最後に卯之吉に目を向ける。

「将軍家が傾いたならば、余も困る。三国屋の言葉で納得した。余も、甘利の一党に加わるといたそう」

甘利はハッと表情を変えて両手を畳についた。

「上様！」

「甘利の諫言《かんげん》を聞き入れ、日光社参を取り止めにいたす！　浮いた金は公金の貸し出しに使うが良い！」

その場の全員が「ははーっ」と平伏した。

将軍は満足そうな笑みを漏らす。

「余は器の小さき男じゃ。天下を統治しておるが、天下を腹中《ふくちゅう》に収めるにはほど遠い……じゃが」

甘利に目を向ける。

「そなたは天下の大器。天下を呑む器量じゃ。余は、いったんそなたの腹中に天下を収めさせることによって、無事に天下を采配《さいはい》できようぞ。甘利、これからも頼りにいたす」

「もったいなきお言葉……」

甘利は思わず感涙《かんるい》に咽《むせ》んだ。その姿を見た幸千代も頷いている。

将軍は卯之吉に顔を向けた。

「そなたはどうにも摑み所のない男じゃが、甘利の器にならば、収まるのであろうな」

その言葉に反応したのは甘利であった。慌てて涙を拭って顔を上げる。

「あいや！　上様、三国屋だけは、ご勘弁いただきとうございまする！」

「ははは！　甘利の大器をもってしても収めきれぬか」

「この者は型破り。それがしの型に収めようとすれば、型を蹴り破って好き勝手に暴れ出しましょう」

「天下の大器をも容赦なく蹴り破るか。天下無双《てんかむそう》の型破りであるな！　我が膝元にかような男がおったとは。実に頼もしいぞ。まことに愉快じゃ！」

将軍は呵々大笑《かかたいしょう》し、つられてその場の全員が朗らかに笑った。

この場に銀八がいたら、（うちの若旦那は上様がお考えになっているようなお人じゃないでげす）と思ったに違いない。

卯之吉も優雅に微笑んでいる。いつものようにまったく何も考えていない顔つきであった。

＊

三国屋の座敷に、卯之吉、おカネ、甘利備前守が集まっている。

「首尾《しゆび》よく運んだようですね」

おカネが笑顔を向けても、甘利はあくまでも慎重な顔つきだ。

「まだ安心はできぬ。公金貸付の制度が整っても、江戸の金持ちたちが幕府に金を預けるかどうかはわからぬ。『幕府に金を預けるのは不安だ』と思われたなら金は集まるまい。それでは上様のご面目が損なわれる」

おカネも同意する。

「あともう一押し、金持ちたちの投機心を惹きつける手を打たねばなりますまいね。『これならば安心だ、ご公儀に金を預ければ利息で必ず儲かる』と信じさせる策が必要にございます」

「いかにすれば良いのか」

甘利に問われても、さしものおカネも咄嗟《とっさ》に良案は浮かばぬ顔つきだ。

そこへ由利之丞が入ってきた。両手で膳を掲げている。酒杯《しゅはい》と銚釐がのっていた。甘利の前に据える。

「役者の由利之丞でござんす。どうぞご贔屓に」

銚釐の注ぎ口を向けてきた。

卯之吉が紹介する。

「幸千代様と秋月ノ局様がご贔屓にしている役者ですよ」

「ほう、左様か。お二方《ふたかた》のご機嫌を損なわぬように務めよ」

「あい。……あ、そう言えば」

由利之丞が何かを思い出した顔をした。卯之吉が訊く。

「なんだえ」

「若旦那、お局様からのご催促には答えたのかい。芝居のご見物に連れていけって仰ってただろう?」

「あれは幸千代様へのおねだりだよ。幸千代様には伝えたさ」

「ちょっと待て」と顔色を変えたのは甘利だ。

「秋月ノ局様より、芝居見物を催促されたのに、いまだ応えておらぬだとッ?」

「そんなに血相を変えられましても、頼まれたのは幸千代様ですからねぇ」

「お局様は、お前のことを幸千代君だと思い込んでおるのであろうが!」

由利之丞も大きく頷く。

「オイラもそう思ったから、若旦那に伝えたんだけどねぇ」

甘利は「ええい!」と叫んで自分の膝を叩いた。

「由利之丞とやら、すぐにも芝居小屋に戻って桟敷席の手配をいたせッ」

「へいっ、座元に報せます」

「わしは江戸城に赴くッ。お局様へのお誘いはわしがやるッ」

卯之吉はとぼけた顔つきだ。

「お忙しくなってきましたねぇ」

芝居見物が終わって、芝居茶屋での宴席となった。

金屏風の前の席に座って秋月ノ局は大満足だ。その周囲には江戸歌舞伎でも選《え》りすぐりの若衆役者や女形《おんながた》が侍《はべ》っている。

「ほほほ！　良い芝居であったぞ、幸千代君」

「ええ。今日の芝居の出来は一段と良かったですねぇ」

卯之吉は三葉葵の入った羽織を着ている。徳川家の御曹司《おんぞうし》だけが許される姿だ。威厳のある格好だが、所作《しょさ》や物言いは町人の若旦那である。同席している甘利は心配でたまらない。

銀八を呼び寄せる。

「三国屋の言葉づかい、どうにかならぬか。替え玉だと露顕いたすぞ」

銀八も困っている。

「ウチの若旦那に物腰を改めさせるのは、どうにも無理ってもんでげす」

「将軍家の威厳も保たねばならぬ。あのようなナヨナヨとした態度をされたのでは……ああっ？」

なんと卯之吉が立ち上がり、雅《みや》びやかにヒラヒラと舞い踊り始めたのだ。甘利はますますうろたえた。

「あいや幸千代君！　役者に交じって踊るなど――」

秋月ノ局が甘利を制する。

「野暮を申すな甘利殿。今宵《こよい》は無礼講ぞ。幸千代君は、まことに舞いの名手よのう」

卯之吉に合わせて役者たちも踊る。伴奏するのは普段、芝居の伴奏をしている邦楽者《ほうがくしゃ》たちだ。まことに見事の一言に尽きる。花の降るような幽玄さだ。秋月ノ局は大喜びで、終《しま》いには一緒に踊り始めた。

甘利は拳で袴を握り締め、唇を噛んで堪《こら》えている。

「幸千代君に放蕩者の悪評がついたらなんとする気じゃっ……！」

腹が立つやら絶望するやら、生きた心地もしない。

いつの間にやら踊りは終わって卯之吉と秋月ノ局は仲良く屏風の前に座る。酌を受けながら美酒の盃を傾けた。

「ときに、お局様。お聞きになられましたかね」

「なにをじゃな幸千代君」

「甘利様が、たいそうな儲け話を立ち上げたそうですよ。ご公儀が講元になって金を集めて、その金を商人に貸し出して利息を取ろうってお話です」

秋月ノ局の耳がピクンと反応した。

「儲け話ですね？」

「それはもう。上様を講元に仕立てて金をかき集め、投資で泡銭《あぶくぜに》を増やしまくろうって魂胆です」

甘利はギョッとなった。

「そ、その物言いでは外聞《がいぶん》が悪い。だいたいその策は――」

そなたが言いだしたことではないか、とは言えない。

秋月ノ局は柳眉《りゆうび》を逆立てた。

「甘利殿！」

「ははっ。まことに不調法《ぶちようほう》、お叱りはこの甘利が承りまする！」

「なにゆえ妾に一枚嚙ませようとせぬのじゃ！　そんな旨い話があるのに、なにゆえ妾に教えぬッ！」

「は？　い、いや……」

甘利は秋月ノ局の顔を覗き込んだ。

「お局様も、投資をしてくださるのですか……？」

「当たり前じゃっ。こんな旨い話に乗らぬ阿呆がどこにおる！」

甘利は咄嗟に話を合わせる。

「今宵、お局様をこの宴席にお呼びいたしましたのは、投資のご案内を申しあげようと思った次第で……」

「いくらでも出そうぞ！　我が生家にも文を送り、京の公家衆にも出資を促そうではないか！」

「あ、有り難きお言葉」

「良かったですねぇ、甘利様……じゃなかった甘利備前守よ」

「若君様のご配慮のお陰にございまする」

甘利はヒクヒクと顔を震わせながら卯之吉に向かって低頭した。

卯之吉は大はしゃぎである。

「お局様と京のお公家様まで後ろ楯になってくださったのです。江戸の商人や金持ちたちは皆、先を競ってこの話に乗ってくるでしょう！　やれ嬉しや」

またしてもクルクルと舞い踊り始めたのであった。

＊

翌日。三国屋の座敷に江戸の豪商たちが集まっていた。

筑後屋が訝《いぶか》しそうな顔つきで聞き返した。

「ご公儀が金貸しを始めるのですか」

「そうです」

卯之吉が笑顔で頷く。

「頼母子講と同じですね。上様が講元になって、御公儀の公金を出して下さいます。皆様はお金を講に投資することで上様の講に加わることができるのです」

商人たちは一斉に顔を見合わせた。筑後屋が重ねて問い質す。

「集めた金を、ご公儀はどうなさるというのです」

「商いの元手をお探しの方に貸し出します。もちろん、手堅く確実な商いをしているお人にのみお貸しするんです。その見極めは三国屋と高利貸しの座で行います」

同席のおカネも請け合う。

「大坂の掛屋も目を光らせております。不確かな商いに金を貸すことはございませぬ」

「もしも貸し倒れがあった時にはどうなります」

「お金を貸したのは上様ですよ。上様がお役人様方をつかわして取り立てをなさいます。講に投資をなさった皆様には、決められたとおりの割戻金（利息の配当）がございます」

「なるほど、徳川様の天下が続く限り、貸し倒れはなさそうですな」

「秋月ノ局様も、講にご参加くださいましたよ」

卯之吉がそう言うと、商人たちがザワザワと私語を交わし始めた。

「あの利に聡《さと》いお局様が……」

「お局様が加わった講ならば、上様とて無下《むげ》にはなさいますまい」

「これは安心確実なお話ですよ」

次第に得心がゆき、出資に前向きの顔つきとなってきた。

筑後屋が卯之吉に尋ねる。

「この件をまとめなさったのは、幕閣のどなた様です？」

「甘利様ですよ。甘利様が上様とお局様をお説きなさいました」

筑後屋は大きく頷いた。

「どうやらあたしは、甘利様のご器量を見損なっていたようだ」

「まあねぇ。本当に誤解されやすいお人なんですよ」

卯之吉は「あはは」と笑った。


その様子を庭を挟んだ向こうの座敷から甘利が見ている。

「なにが『誤解されやすいお人』だ！　好き勝手に悪口を並べおって！」

同じ座敷に菊野がいる。

「お心をお鎮めくださいませ。ほら、江戸の商人衆が先を競って目録をしたためておりますよ」

目録とは金額を記して署名捺印《なついん》したものをいう。小切手と同じ効力を持つ。

甘利もホッと安堵の表情だ。

「やれやれ。まずはこれにて一安心か」

「あら、日差しが……。何日ぶりのお天道様でしょうね」

雲の切れ間から陽が差していた。甘利は眩《まぶ》しげに目を細めて頷いた。

＊

悪徳商人の香住屋が息を喘《あえ》がせながら走ってきた。足をもつれさせて転びそうになる。満面に汗を滴らせながら尾張徳川家の江戸屋敷の門をくぐった。

坂井正重の座敷に駆けつける。濡《ぬ》れ縁《えん》で急いで平伏した。

「もっ、申しあげます！　一大事にございまするッ」

坂井は冷やかな顔つきで藩の行政書類を捲っていた。目は書面に向けたまま問い返した。

「何事だ」

「三国屋が江戸中の金を集めております！　手前が名古屋に送るはずだった金は商人たちによって引き上げられてしまいましたッ。皆、名古屋への投資は取り止《や》めにして、三国屋に投資をすると申しておりますッ」

坂井はギロリと目を剝いた。香住屋を睨みつける。

「何があったのだ」

香住屋も悔し泣きで顔をグシャグシャにしている。

「甘利様に手を打たれたのでございます！」

「……甘利が！」

坂井も思わず狼狽《ろうばい》した。だが、すぐに思案を巡らせる。

「秋月ノ局様の許《もと》に行けッ。お局様に投資をしていただくのだ！　強欲なお局様が名古屋の商人に投資したことが世間に広まれば、強欲な江戸の商人たちは名古屋に目を向けるはずじゃ！」

「その秋月ノ局様が甘利様に籠絡《ろうらく》されてしまったのですよ！　お局様は三国屋に投資すると仰せになったのです！　それを知った商人たちは、我も我もと三国屋に押しかけているのでございますッ」

香住屋は泣き崩れた。

「先に名古屋の商いに投資をしていた手前だけが大損を被《こうむ》りましてございます」

濡れ縁の踏み板を爪でガリガリと掻きむしりながら泣きじゃくる。

「手前は破産にございまする……！」

坂井は歯嚙みした。怒りで全身が震え始めた。

三国屋の店《たな》には大勢の金持ちや小金持ちたちが押しかけてきた。

「二百両持参したよ！　三国屋さん、公金貸付のお役所に取り次いでおくれ！」

「あたしは四百両だ！　割戻金の利率はいくらだね？」

皆、小判を入れた巾着袋を掲げている。

手代の喜七が帳場で大声を張り上げる。

「ただ今の割り戻しは四分七厘にございます！」

金持ちたちが「ワアッ」と歓声をあげた。

「早く証文に換えておくれ！」

押すな押すなの大騒動だ。

その様子を店の奥から、卯之吉とおカネが覗いている。

「皆さん、何をそんなに焦っておいでなのですかねぇ？」

卯之吉がとぼけたことを言うのでおカネが呆れた。

「金を貸したい者が多くなれば割戻金の利率は下がるんだよ。少しでも利率が高いうちに手持ちの金を預けたいって思ってるのさ」

「なるほどねぇ」

「見てごらん。誰もがみんな利殖したいと思っていたのさ。だけど安心して貸せる相手がいなかった」

「上様が元本をお出しになった頼母子講です。安心して預けることができるってものですね」

店では三国屋の番頭や手代たちが机を並べて預かり証文を書きまくっている。その中には菊野の姿もあった。

机の上に小判が三枚置かれた。持ち込んだのは白髪の老婆だ。

「あたしが爪に火をともして貯めた金だよ。上様の御金蔵《おかねぐら》で預かってくださるってのなら、床下に埋めた壺に入れておくより安心だからね」

菊野は笑顔で頷き返す。サラサラと達筆で預かり証文を書いた。

「確かにお預かりしましたよ」

「これで落ち着いて寝られるってもんだ。床下に大金があると思うとおちおち寝てもいられない」

老婆は証文を受け取って懐の奥に差し込んだ。

三国屋は門前に市《いち》を成す有り様であった。瓦版屋の早筆《はやふで》（記者）までやってきて帳面に筆を走らせている。公金貸付の制度が瓦版によって広まれば、ますます多くの金が三国屋と甘利に集まるだろう。

その様子を物陰から坂井正重が凝視している。塗笠を目深《まぶか》にかぶって顔を隠して着流し姿の軽装だ。気になって辛抱《しんぼう》できず、お忍びで視察に来たのであった。

その後ろには香住屋の姿もあった。

「もはや『勝負あり』にございますよ……。こうやって集めた金を甘利様が商人に貸し出します。江戸の商人たちはみんな息を吹き返します！　さらには甘利様は利根川の堤の修築にも着手なさいましょう。公領の民は救われて、甘利様の名声は天に届くばかりに上がりまする」

坂井は無言で踵《きびす》を返すと歩きだした。三国屋の喧噪を背に受けながら足を急がせる。香住屋が狼狽しながらついてくる。

「いかがなさるお考えでしょうか」

「打つ手はある。否、これこそが千載一遇《せんざいいちぐう》の好機」

「なんと仰せで？」

「わからぬのか。今、三国屋には江戸中の大金が集まっておる。世直し衆に襲わせたなら、どうなるか。江戸中の金を根こそぎ奪い取ることができよう」

「み、三国屋を襲う……？」

「三国屋は集めた金を江戸城の御金蔵に運び入れねばならぬ。その道中を襲わせるのだ」

「無茶でございます」

坂井は聞いていない。

「奪った金は尾張家の御用船で尾張へ……否、異国へ運ぶ。お前は異国の豪商になれ！　わしも異国に赴《おもむ》く。甘利が支配する日本になど、一日たりとも居《い》とぅはない！　なんの未練もないわッ」

憤然として歩んでいく。香住屋はもはや、坂井についていくしか道がなかった。

＊

洲崎十万坪の普請場（工事現場）には大勢の男たちが集まっている。

名目は〝尾張徳川家の抱え屋敷（別荘）を造るため〟で、濱島与右衛門が集めた労働者ということになっていた。尾張徳川家の肝入りとあっては町奉行所も手出しができない。そこにつけこんで悪党たちが堂々と集結していたのだ。

広場に竈《かまど》が据えられて炊き出しの飯が配られている。悪人面《ヅラ》の男たちが不作法に飯をかきこんでいた。

その様子を物陰から、役者の由利之丞が覗いている。

「軽業時代の仲間から聞かされたのはこの場所さ」

その横では水谷弥五郎も覗いている。悪党どもの顔を順に見た。

「人斬り稼業の浪人と押し込みの凶賊……。江戸で悪名の高い者どもが勢ぞろいしておるぞ」

「若旦那に報せよう。大勢の捕り方で押し包めば一網打尽《いちもうだじん》にできるよ」

「待て！　我らが為すべき事の第一は美鈴殿の居場所を探ること。なにゆえ美鈴殿が敵側に回ったのか、その理由を知ることだ。今、捕り物が始まったならば、美鈴殿まで捕縛され、獄門台送りにされてしまうぞ」

「ああ、そうかあ……。どうすればいいのかなぁ」

「悪党を集めておるなら好都合だ。我らも仲間に入れてもらおうではないか」

「えっ、敵方に潜り込もうってのかい」

「お前も兄貴分の仇をとろうと志しておるのであろう。腹を括《くく》れ」

由利之丞はしぶしぶ頷いた。

「いざとなったらオイラは軽業の高飛びで逃げるからね。弥五さんは自力で切り抜けておくれよ」

「……相変わらず口だけはでかいなぁ」

ともあれ二人は物陰から出た。自分たちの姿をさらす。炊き出しの集団に歩み寄っていった。

飯を食っていた悪人たちが気づいて顔つきを変えた。素早く刀を摑み取った者もいた。

「お前たちは何者だ」

その中の一人、悪相の浪人が問い質してくる。どす黒い顔色の痩せた男で頬に刀傷があった。この場の頭目格であるようだ。

水谷は堂々と答えた。

「上州無宿の水谷弥五郎と申す」

その名を知っていた者がいた。小悪党ふうの小男だ。浪人の耳元で囁く。

「上州の街道筋では、名の知られた人斬り浪人ですぜ」

浪人は納得した様子で頷いた。続いて由利之丞に目を向ける。

「そっちは何だ」

由利之丞は「ふん」と鼻を一つ鳴らした。腕を組んで斜《しゃ》に構える。

「オイラぁ軽業師崩れの平吉《へいきち》ってんだ。燕二郎《えんじろう》とは兄弟同然に育った仲だぜ。燕二郎の仇を討ちにきたんだ」

「燕二郎の兄弟分だと？　確かか」

「鳶《とんび》ノ半助《はんすけ》親方の下で稽古した仲だぜ」

悪党たちは小声でなにやら囁きあった。浪人が頷いた。

「どうやら嘘ではないようだな。お前も屋根に飛び上がったり、小さい窓から忍び込んだりできるのか」

「任せとけって。役に立つぜ」

「ようし、よかろう。仲間に加えてやる。わしは鳥居左門《とりいさもん》。お前たちはわしの指図に従え」

水谷は素直に低頭する。

「よしなに頼む」

由利之丞も一緒に頭を下げた。

小悪党たちは食事に戻る。竈の周囲に座り込んだ。だが、急に腰を上げた。

「お頭様だ」

濱島与右衛門がやってくる。その後ろには顔を白塗りにした不気味な男を従えていた。由利之丞は緊張してゴクリと喉を鳴らした。

「弥五さん、清少将だよ」

水谷が小声で注意を促す。

「濱島とお前は、銀八の故郷で一緒だった。濱島はお前の顔を見憶《みおぼ》えているはずだ。姿を隠せ」

「わかった」

由利之丞は身を屈めたままその場を離れた。普請場には材木が重ねられている。材木の裏を回って進んだ。

顔だけをヒョコッと出して濱島と少将の様子を窺う。

(まったく不気味な男だよなぁ)

少将に目を向けながら進んでいると、突然、目の前に立ちはだかった何者かとぶつかってしまった。

由利之丞は跳ね返されて尻餅をつく。

「あいたたっ。これはとんだ不調法を――」

詫びを入れようと思って顔をあげて仰天した。

(美鈴さんッ?)

目の前に美鈴が立っていたのだ。訝しげな目で由利之丞を見下ろしている。その顔つきは由利之丞が良く知る美鈴の表情ではない。まるで美鈴の顔に似せて作った人形のようだった。

由利之丞は咄嗟《とっさ》に言葉も出てこない。息を呑んでいると、美鈴はそのまま由利之丞の前を通って行ってしまった。

由利之丞は美鈴の後ろ姿を見送る。

「美鈴さん、オイラのことがわからねぇのかい」

なにがなんだかわからない。由利之丞は茫然と立《た》ち竦《すく》んでしまった。

＊

江戸城の本丸御殿に将軍が座っている。広間には甘利備前守と幸千代が控えていた。

将軍は三国屋から送られてきた書状を手にしてご満悦だ。

「江戸市中の町人たちが競い合って金を預けにきた。甘利よ、これで米の買い付けができる。利根川の堤の修築もできようぞ」

甘利はサッと頭を下げる。

「まことにもって祝着《しゅうちゃく》至極《しごく》にございまする」

「三国屋の跡取り、さすがはそのほうが見込んだ人物じゃ。奇策を見事に適中させおった！」

（いえ、それがしが見込んだ人物――というのは、誤解にございまする）と甘利は思ったのだが、もちろん言い返せるはずもない。

将軍は上機嫌で続ける。

「しかもじゃ。切れ者と評判の辣腕《らつわん》同心、八巻卯之吉と同一人物だというのだから、ますますもって驚きいったぞ」

「あいや、お待ちくだされ」

と声をあげたのは幸千代だ。

「お言葉ではございまするが、八巻の評判の六割、いや、七割は、それがしの手柄にございまするぞ！」

「左様か」

将軍は軽く聞き流した。まったく本気にしていない。

幸千代は「ムッ」と不機嫌である。甘利に鋭い目を向けた。

「上様はお喜びじゃが、わしには懸念《けねん》もあるぞ」

「なんなりと仰せを」

「三国屋に金が集まっておるとのことだが、その金は江戸城内の御金蔵に運び入れねばならぬ。荷車に載せて運ぶのであろうが、その道中を狙われたなら、なんとする」

将軍も「うむ」と頷いた。

「幸千代の申す通りじゃ。じつに剣呑であるな」

「おそれながら」

甘利は将軍に向かってサッと拝跪《はいき》した。

「ご心配には及びませぬ。左様なこともあろうかと、南町奉行所では捕り方を擁《よう》して道中を固めております。凶賊どもが襲いかかってきたならば一網打尽《いちもうだじん》にする策にございまする」

「なるほど！」

将軍は声を上げた。

「大金を積んだ荷車を餌として凶賊どもをおびき寄せる策か！　江戸の市中に隠れ潜んだ凶賊どもを一人残らず見つけ出すのは難しい。ならばこちらから餌を投げ出し、食らいつくのを待つわけじゃな！　町奉行所の同心たちも悪党どもを探して歩く手間が省けると申すもの。さすがは江戸一番の辣腕同心、八巻卯之吉よ。見事な奇策を思いつくものだ！」

「は？　はぁ……」

甘利としては、あの男はそこまでは考えていないと思いますよ、と言いたい。しかし言える空気ではない。

（上様は、八巻の人柄を誤解していなさる）

されども。どうやって訂正すれば良いのか。まったく思いつかない。

甘利が思い悩んでいると、幸千代がサッと将軍に向かって拝礼した。

「しからば兄上、それがしは所用を思い出しましたゆえ、これにて御免を蒙《こうむ》りまする」

挨拶をして出ていった。

甘利は「あっ」と声を漏らした。

（よもや！　幸千代君は、自分も捕り物に加わろう、などとお考えなのではござるまいな！）

ついうっかり、幸千代の前で捕り物の話をしてしまった。大失敗だ。

（いかん、追いかけてお止めしなければ！）

腰を浮かそうとしたところを将軍に呼び止められた。

「関東郡代より利根川の修築の立案が上がってまいった。そのほうの存念《ぞんねん》を聞きたい」

分厚く綴じられた書類の束を差し出してくる。小姓が受け取って甘利のもとまで運んできた。甘利としては幸千代を追いかけたい。しかし将軍の諮問《しもん》にも答えなければならない。

甘利はほとほと困った顔つきで痛む胃の辺りを手で押さえた。

＊

江戸の町中《まちなか》を幸千代は堂々とのし歩いた。着流しの姿だ。気づいた商人たちが挨拶を寄越《よこ》してくる。

「八巻の旦那！　お見廻り、ご苦労さまに存じます」

幸千代は軽く頷き返しながら進んで三国屋に入った。

入ってきた幸千代に気づいておカネが帳場で平伏した。

「これはこれは若君様。ようこそお渡りくださいました」

「そなたも息災そうでなによりじゃな」

なぜか二人は顔見知りであったらしい。おカネの交際範囲の広さは驚くべきものがある。

喜七がやってくる。幸千代は腰の刀を喜七に預けて三国屋に揚がった。奥の座敷へと案内された。

「なるほどねぇ。三国屋に集まった金を餌にして、江戸中に潜んだ悪党たちを誘い出しなさい、というお話なんですね」

卯之吉が素《す》っ頓狂《とんきょう》な声をあげている。

「さすがは上様ですねぇ。お見事な策をお考えになるものです」

幸千代は渋い面相となる。

「お前が思いついた策――ということになっておるのだ」

「えっ、どうしてですかね？」

縁側に正座して聞いている銀八は、

（また、とんでもない誤解が広がっているのに違ぇねぇでげす）

と思った。

「ともあれ！」

と言って、幸千代は不敵な笑みを浮かべた。

「大捕り物になろうぞ。無論のこと、わしも手を貸す！」

銀八は（ますますとんでもねぇ話になってきたでげす）と悩んでいる。

卯之吉は、なにも理解していない顔つきだ。

「上様のご依頼ならば、お心に沿うようにお応えしなければなりませんねぇ。三国屋から金を運び出す日時と道のりを、江戸中の悪者に知ってもらわなければいけません」

「それなら、荒海の親分に手を借りるのが一番でげす」

銀八が勧めた。

「そうだねぇ。そうしよう」

そこへ由利之丞が走り込んできた。

「若旦那ッ、大変だよ！」

そう訴えた相手は幸千代だった。卯之吉に間違えられた幸千代は極めて不本意な顔つきだ。目で、あっちが八巻だ、と、伝えた。

「あれっ、若君様……？」

由利之丞は慌てて濡れ縁に正座して、深々と低頭した。

由利之丞は緊張しきっているが、卯之吉は誰の前でも変わらない。

「大変な話ってのは、なんだえ」

「あっ、そうそう！　若旦那、オイラぁ美鈴さんを見つけた」

「どこで？」

「濱島先生の普請場だよ。だけど変なんだ。美鈴さんはオイラを見ても、誰だかわからない、って顔をしたんだよ」

卯之吉は考え込んだ。

「……記憶を失くしたのかもしれないねぇ」

由利之丞が訊き返した。

「どういうことだい」

「頭を強く打ったお人などが、過去の思い出をぜんぶ忘れてしまうことがあるんだよ。自分がどこの誰なのかも思い出せない。家族に会ってもわからない」

卯之吉は「ううむ」と唸る。こんな真面目な顔をするのも珍しい。

「爆発に巻き込まれて頭を打ったのかもしれないね」

「それで濱島先生に助けられて、濱島先生のところで介抱されてるってのかい？　だけどさ、濱島先生は、どうして若旦那に美鈴さんを助けたことを報せてこないんだい」

すると幸千代が「ふん」と鼻を鳴らした。

「濱島とやらが美鈴を拐《かどわ》かしたのであろう。美鈴は、刀さえ握っていなければ好い女だからな」

由利之丞は「酷い物言いだよ」と呟いた。

「どうする、若旦那。美鈴さんを助けに行くかい。オイラ、ひとっ走りして沢田彦太郎様に事の次第を伝えに行ってもいいぜ」

卯之吉は「いや」と手のひらをかざして由利之丞を止めた。

「洲崎十万坪に捕り方を向かわせるのはよくないね」

「どうして」

幸千代もジロリと鋭い目を向ける。

「いかなる存念か」

「濱島先生の回りには、江戸で行き場のない人たちが大勢集まって、小屋を掛けて暮らしてるんです。その大半は悪党じゃない。ただの貧しい人たちですよ。子供もいれば母親だっている。だけど捕り方には見分けがつかない。その場にいるお人たちを手当たり次第にお縄にかけるでしょう。悪党との斬り合いに巻き込まれて、罪のない人たちが斬り捨てられるかもしれないんです」

卯之吉は思案して続けた。

「ここはやはり、上様のお考えの通りに大金を囮《おとり》にして、悪党たちをおびき寄せるしかないですよ」

「美鈴のことが心配ではないのか」

「心配ですよ。ですからあたしが餌になって、悪党たちを食いつかせようというのです」

「すぐに助けに行くべきだろう」

幸千代は卯之吉を睨みつけた。

無言で睨み合った後で幸千代は「ふっ」と笑った。

「梃子《てこ》でも動かぬ頑固者——という顔をしておる」

「おや？　そうですかね。あたしはいつでも人に流されてばかりですけれども」

「わしもお前はそういう奴だと思っておった。まあ良い。今度ばかりはお前の指図に従ってやろうぞ」

＊

荒海一家に銀八が駆け込んできた。話を聞いた三右衛門は大きく頷いた。

「合点《がってん》したぜ。悪党どもに嘘の話を流せばいいんだな。任せておけ。やい寅《とら》三《ぞう》！」

代貸し子分の寅三に命じる。

「聞いての通りだ。子分どもを走らせて噂を流してこいッ」

「へぇい」

寅三は子分を集めるために出ていった。

荒海一家の子分たちは江戸の悪所《あくしょ》に潜り込んだ。裏路地の汚い居酒屋や、博打《ばくち》場《ば》などだ。

薄暗い中に人相の悪い男たちが集まっている。丼に賽子《さいころ》を投げて出目《でめ》を当てる賭《か》け事、チンチロリンに興じていた。寅三はわざと負けてやって、周りの男たちを良い気分にさせてから話しかけた。

「おう、聞いたかい。三国屋に大金が集まってるってよ」

人相の悪い男が頷く。

「ああ知ってるぜ。小悪党連中はその噂でもちきりだ」

寅三は、皆が関心を示したのを見定めて、話を続ける。

「三国屋は荷車に大金を載っけて御金蔵に運ぶぜ。そいつを奪ってやりゃあ、一生遊んで暮らせるってもんだ」

「町奉行所の役人たちが守っているのに、そうそう襲えるもんかよ」

「実はな、役人たちに守られて運ばれる千両箱は贋物《にせもの》だ。本物の金は、夜中にこっそり、運び出されるんだぜ」

「なんだと！　それは本当かよ」

「三国屋の用心棒から聞いた話さ」

小悪党たちはたちまち色めき立った。

＊

洲崎十万坪の普請場に悪党たちが集まってきた。荒野の中の学問所は、いまや悪党の根城だ。

いちばん奥の壁を背にして濱島与右衛門が座っている。腕を組み、瞼《まぶた》を閉じて考え込んでいた。

同じ小屋の中に水谷弥五郎も潜んでいる。元々が人相の悪い浪人なのでまったく違和感なく溶け込んでいた。

水谷は集まった悪党たちの様子を窺う。

清少将の姿もある。悪党の輪には加わらず、ひとりで酒を飲んでいた。総身から漂う殺気は悪党たちをも不安にさせる。誰も少将には近づこうとはしなかった。

（美鈴殿は、おらぬな……）

姿が見当たらない。どこにいるのか、と思っていると、一人の小悪党が走り込んできた。

「三国屋が金を運び出すぞ！　今宵の亥《い》の刻《こく》だ！」

亥の刻とは午後十一時ごろ。寝静まるのが早い江戸では真夜中である。

「昼間に運ばれる千両箱の中身は石ころだ。本物は夜中に運ばれるんだぜ！」

次々と悪党たちが駆け込んできては似たような話を告げた。

鳥居左門はグイッと身を乗り出した。

「濱島殿ッ、決断を！」

小悪党たちも世直し衆の頭目――濱島の発言を待った。しかし濱島は目を閉じて考えるばかりだ。

鳥居左門が焦《じ》れて声を荒《あら》らげる。

「江戸中の金という金が残らず三国屋に集まってしまったのだぞッ。三国屋は老中の甘利と結託する悪徳商人！　三国屋の金が江戸城内の御金蔵に移されてしまったなら誰も手出しができなくなる！　江戸の富はすべて奴らの手中に落ち、そこもとが掲げる世直しも叶わぬ夢となるのだッ」

小悪党たちも濱島に訴える。

「あいつらの好き勝手を許していいのかいッ」

「金持ちに金を独り占めされて、貧しい者はますます貧しくなってしまうぞ！」

鳥居は叫んだ。

「濱島殿、決断の時だ！」

濱島はカッと両目を見開いた。

「あいわかった。皆の申す通りだ。虎穴《こけつ》に入らずんば虎子《こじ》を得ず！　すべては世直しのため。三国屋の荷を襲う。三国屋と甘利に正義の鉄槌《てっつい》を下すのだ！」

皆が「おう！」と答えて沸き立った。

濱島は一人で学問所を抜け出すと、離れた場所に立つ小屋へと向かった。

水谷弥五郎と由利之丞が物陰に隠れながら追っていく。洲崎十万坪は原野で、高い夏草が伸びている。身を隠すのに不自由はなかった。

濱島は小屋の前で立ち止まり、周囲の様子を窺ってから戸を開けた。

小屋の中には美鈴がいた。ひとりで静かに座っている。入ってきた濱島に顔を向けた。

人形のように表情のない顔つきだ。手には湯呑茶碗を持っている。濱島が煎《せん》じた薬湯が入っていた。頭の怪我を癒《いや》す薬だと濱島は言っていたが、その薬湯を飲むと何も考えられなくなるのだ。

濱島は美鈴の傍に膝をついた。

「今宵、三国屋の金を奪う。わたしが盗みを働くのはこれが最後だ」

濱島は苦悶に満ちた顔つきで唇を噛んだ。

「わたしのやっていることは、はたして本当に正義なのか……、もはや確信が持てなくなった。だが、後に退《ひ》くことはできぬ」

美鈴を見つめる。

「金さえ手に入れば、その金で坂井様が橋を造りあげてくださる。坂井様は尾張家の附家老。町奉行所も金の出所《でどころ》を問い質すことはできぬ。わたしは金さえ手に入《い》ればいいのだ」

美鈴は無表情に尋ねた。

「あなた様はどうなるのです」

「船に乗って異国に逃げる。異国には西洋人が大勢いる。わたしは蘭学を学び直したい」

濱島は美鈴の両肩を摑んだ。

「わたしと一緒に来てくれような?」

美鈴は頷いた。濱島は感極まって美鈴を抱きしめようとした。が、それを美鈴がそっと押し戻した。

「上手く逃げられれば良いのですが……、役人に捕まってしまうのではありませんか」

「捕まるかもしれぬ。南町の八巻は恐るべき同心だ。我が知恵の限りを尽くそうとも、八巻からは逃れられぬかもしれぬ」

「あなた様を捕まえさせはいたしませぬ。八巻はわたしが倒します」

美鈴は決然として宣言した。

濱島は両目を涙で潤ませながら何度も頷いた。

「あなたと一緒ならば、たとえ地獄への道行《みちゆき》だとしても、恐ろしくはない。ずっとわたしの傍にいてくれ……」

美鈴の膝にすがりついて涙を流した。

「どうなってるんだい弥五さん」

由利之丞が首を傾げた。小屋の中を窓から覗き見していたのだ。

「なにがなんだか、わしにもわからん。だが世直し衆の企《たくら》みは明白。今宵、三国屋を襲うつもりだ。まんまと罠にかかりおった。由利之丞、八巻殿に報せてきてくれ」

「わかった。弥五さんも気をつけてね」

由利之丞は急いでその場を離れた。

＊

三国屋に由利之丞が走ってきた。

ちょうど、荷車の列が店を出るところであった。南町奉行所の同心と捕り方が厳重に警護している。

「出立《しゅったつ》！」

内与力の沢田彦太郎が号令し、列が動き出した。

「あれが贋物の荷車だな」

千両箱の中身は空だ。本物は今夜、運ばれる。由利之丞は三国屋の暖簾《のれん》をくぐった。

卯之吉は座敷にいた。縁側に出て、きちんと正座して対応する。由利之丞は庭に立って報告した。

「世直し衆は今夜、荷車の列を襲うつもりさ。奪った金は尾張家の坂井様に渡して、自分は異国に逃げる相談をしてたよ」

卯之吉は首を傾げる。

「異国へ逃げようってのかい？　大海原《おおうなばら》を渡るとなると、それはそれは大きな船が必要になるよ。船はどこにあるんだい」

「尾張様の御用船を使うらしいよ」

「尾張様ねぇ？　どうして尾張様がここに出てくるんだろうねぇ」

「それはオイラにはわからないよ。じゃあ、確かに伝えたからね」

由利之丞は走り出ていった。

卯之吉は考え込んでいる。

「ともあれ、甘利様には、お伝えしておいたほうがいいだろうねぇ」

＊

日が暮れようとしている。

幸千代は甘利の屋敷で仮住まいをしていた。障子を開けて濡れ縁《ぬえん》に立つ。庭の方に目を向けると、夕日に染まった江戸城が見えた。

三重櫓《さんじゅうやぐら》の白壁が夕陽に染まって輝いている。

幸千代は眼光鋭く城の威容を睨みつけていたが、やがて座敷にとって返し、刀掛けの愛刀を摑んだ。

足早に外に向かおうとする。すると甘利備前守と鉢合わせをした。甘利は廊下に立ち塞がり、無言で目を向けてきた。

幸千代には、甘利がなにゆえ出現したのか、おおよその察しがついている。

「備前守、わしの行く手を遮るか」

甘利は、じっと幸千代を凝視する。しばし無言で見つめ合った後で甘利が質してきた。

「捕り物に加勢するおつもりですか」

「申すまでもなきことじゃ」

当たり前のことをわざわざ訊くな、という険しい口調で幸千代は吐き捨てる。

甘利はその場で正座した。立ち塞がったまま動かない。諫言する、という姿勢だ。

「あなた様は将軍家の弟君、大事な御立場にございまするぞ！　かような悪ふざけは、厳《げん》にお謹《つつし》みくださいまするよう」

「悪ふざけなどでは、断じてない」

「されば、いかなるご所存か、お心の内をお聞かせいただきとうございまする」

幸千代は目を怒《いか》らせていたが、ふと、表情を鎮めた。静かな目で夕日に染まった江戸城に目を向けた。

「見よ、備前守。将軍家の城が天に向かってそびえ立っておる。わしは、あの城の有り様こそが兄上のお姿そのものだと考えておる。地の上にドッカと立ち、志は天に向かって伸び、この江戸をあまねく見守っておわすのじゃ」

「いかにも。仰せの通りにございます」

「じゃがのう備前守よ。上様は、高い地位に昇っておわすがゆえに、低き地に降りることが叶わぬ。町人たちの難儀を直《じか》に見ることもできず、共に嘆くことも叶わぬ。哀れむべき者たちを、哀れむこともできぬのだ。これこそ〝哀れ〟と申すべき。上様はじつに哀れな御立場なのじゃ」

甘利は黙って耳を傾けている。

幸千代は続ける。

「わしは兄上のお側近くに仕える身じゃ。共に城の高き所、すなわち天に近き所にいる。だからこそわしは地に降りねばならぬ。兄に代わって民の嘆きを聞き、民を苦しみより救う。天下を揺るがす悪党どもを退治する。それが今、為すべきことだとわしは信じる。兄上が天に近き所におわすならば、わしは天地を繋《つな》ぐ梯《はし》子《ご》となろう。備前守よ、このわしの思いを汲み取ってくれぃ」

甘利は大きく頷いた。そして素早く退いて、幸千代のために道を空けた。

「若君のお志を疑ったそれがしの無礼、お許しくだされませ」

「わかってくれて嬉しく思うぞ」

幸千代が通りすぎていく。甘利は深々と拝礼する。

「御武運、お祈り申しあげまする」

幸千代は廊下を曲がって見えなくなった。

＊

三国屋の前に荷車が集結した。荷台には千両箱がそれぞれ積まれている。

荷車の周囲で梅本源之丞と荒海ノ三右衛門、そして一家の子分たちが鋭い目を光らせていた。

「それでは、そろそろ出立しましょうかね」

卯之吉が出てくる。口調は気が抜けきっていて危機感がまったく感じられない。一方、お供の銀八は震え上がっていた。

「あたりは真っ暗でげすよ。今夜は月も出ていねぇでげす」

「そりゃあね、悪党の皆さんを誘い出すためだから。うってつけの夜だよ」

内与力の沢田彦太郎がやってくる。同心の尾上と粽を引き連れていた。沢田は陣笠に陣羽織の捕り物出役《しゆつやく》姿。腰には〝指揮十手〟を差していた。普通の十手よりも長い。

「道筋には捕り方を配した。悪党が現れたなら即座に取り囲んでくれようぞ」

卯之吉は商人の若旦那の風情で、しゃなりと低頭する。

「お願いいたしますよ」

そう言いながら沢田の袖に小判をスッと差し入れる。

沢田はさすがに困りきった顔をした。

「こういうことは、やめよ。尾上と粽も見ておるのだ」

「あれ？　いりませんでしたか」

「……もらっておく！」

店の中から菊野も出てきた。看板（衿に屋号が入った半纏）を着ている。

「あたしも道中をご一緒させていただきますよ」

笑顔を向けられ、たちまち沢田彦太郎の頬が緩んだ。

「おう！　そなたも一緒か。楽しい道行《みちゆ》きになるのう」

この物言いには菊野も苦笑するしかない。

「これが物見遊山《ものみゆさん》（ピクニック）なら、どれほど良いでしょうかねぇ」

緊急を要する道のりだ。菊野の帯には懐剣《かいけん》が差さっている。

卯之吉の前に粽がしゃしゃり出てきた。

「なんですか八巻さん。商人の若旦那みたいな格好ですね」

沢田彦太郎が「やめよ！」と制した。

「悪党どもを油断させるための変装に決まっておろうが！　しからば八巻、しっかりと務めよ！」

深く詮索されると、三国屋の若旦那と同心の八巻が同一人物であることがバレてしまう。沢田は同心の二人を引き連れて、急いで持ち場に戻っていった。

亥の刻を報せる時ノ鐘が鳴った。ゴーンと夜空に響きわたる。

「それじゃあ、行きましょうかね」

卯之吉の言葉を受けて手代の喜七が腕を振り上げる。

「出立！」

車引きたちが足を踏ん張って息《いき》む。重たい荷車が動き始めた。

荒海ノ三右衛門は一家の子分に檄《げき》を飛ばす。

「ようし野郎ども、気を引き締めてかかりやがれッ」

子分たちは「おう！」と太い声を張り上げた。

車軸の軋《きし》む音をたてながら荷車の列が夜道を進む。掘割沿いの寂しい道だ。

銀八は怯えている。

「なにもここまで人気《ひとけ》のない道を選ばなくてもいいんじゃねぇんでげすか？」

卯之吉の背後に隠れながら進む。

「若旦那は、おっかなくねぇんでげすか。お化けはあんなに怖がるのに」

「なんだか楽しくなってきちまってねぇ。お祭り騒ぎだ。それに、襲ってくるのは悪党とはいえ人だろう？　お化けほどには恐くないよ」

「普通のお人は、お化けよりも生きている人間のほうが恐い――って言うんでげすよ」

荷車の列はますます暗い夜道に踏み込んでいく。

闇の中、建物や草むらの陰に、南町奉行所の面々が身を潜めている。

「来ましたよ、村田さん」

尾上が村田銕三郎に注意を促す。皆で目を凝らしながら荷車の列を見守った。

粽は首を傾げている。

「悪党たちは襲ってきませんねぇ。なんだか拍子抜けだなぁ」

村田銕三郎は油断しない。

「なにか企んでいるのに違いねぇぞ」

などと囁きあっていたその時であった。

「火事だァ！」

どこからか叫び声が聞こえてきた。村田はハッとして目を向けた。

立ち並ぶ屋根の向こうに炎が見える。夜の町を照らしだしていた。火の見櫓の半鐘が打たれる。不安を煽《あお》る音がせわしなく連打された。炎は激しく揺れながらどんどん大きくなってきた。

村田は歯嚙みした。

「この燃え広がりようは、ただの火事じゃねぇぞ！　油を撒いての付け火だッ」

火は町人地に燃え広がったらしい。長屋には大勢の町人が暮らしている。悲鳴や喚《わめ》き声が聞こえてきた。

尾上が道の先を指差した。

「村田さんッ、町人たちがこっちに逃げてきます！」

大勢の男女が群れをなしている。「逃げろッ」「助けてぇ」などと叫んでいた。

沢田彦太郎も駆けつけてきた。

「いかんッ、荷車の列には近づけさせるなッ」

尾上が反論する。

「しかし、火事場に追い返すことはできません！」

町人たちの背後は紅蓮《ぐれん》の炎だ。「引き返せ」と命じることはできないし、命じたとしても、引き返す者はいない。

沢田彦太郎は激しく悩んだ末に叫んだ。

「ともあれ、荷車にだけは近づけさせるなッ。落ち着くように言いきかせよッ」

尾上と粽が道に出る。

「鎮まれ、鎮まれッ」

と尾上。

「うろたえないでくださいッ、我らの指図に従って進んでくださいッ」

粽が叫んだ。

しかし避難民は聞く耳を持たない。群れをなして突っこんできた。

その中には覆面の男たちがいた。

村田銕三郎が気づいた。

「世直し衆の襲撃だ！」

沢田彦太郎も仰天する。

「迎え撃てッ！　打ち払えッ」

指揮十手を振り回して命令した。

捕り方たちは六尺棒を横に構えて道をふさごうとする。しかしたちまち群衆によって揉みくちゃにされた。粽が悲鳴をあげる。

「町人と世直し衆の区別がつきませんよ！　わあっ」

町人たちに体当たりされて翻弄《ほんろう》される。捕り方と同心の陣形は、たちまちにして崩された。

その様子は荷車の列からも見えた。

菊野は懐剣の柄《つか》を握る。

「親分さん！」

「おうよ！　来やがったな！」

三右衛門がいきり立つ。子分たちも六尺棒を構えた。

喧嘩っ早い源之丞はすでに行動に移っている。長刀を担《かつ》いで走り出した。

「先に行くぜッ」

銀八は怯えきっている。卯之吉の背後に隠れて袖を引いた。

「若旦那、大事《おおごと》になってきたでげすよ」

しかし返事はない。もしやと思って顔を覗き込む。

「……気を失ってるでげす〜！」

火は香住屋の手によって放たれていた。

「さぁさぁ皆さん、どんどん火を放ってください！」

世直し衆の悪党たちが油を撒いている。炎は激しく燃え上がり、貧乏長屋が屋根まで燃え上がった。

驚いた長屋の住人が逃げ出してくる。さらに覆面の悪党たちは刀を抜いて脅した。三国屋の荷車のほうへ追いやるためだ。女子供は泣き叫ぶ。子供を抱えたまま転んだ若い母親を男たちが踏みつけて逃げていく。

逃げる町人たちをかわしながら濱島が駆けつけてきた。

「何をしておるかッ」

香住屋の襟を摑んで締め上げる。

「火を放つとは……許せぬッ！」

泣き叫ぶ母子の姿が辛い記憶を呼び覚ました。

香住屋はわめいた。

「お放しくださいッ、これは坂井様のお言いつけですよ！」

「な、なにッ」

「大火の混乱に紛れて金を奪う策でございますッ」

濱島の目が泳いだ。

「坂井様が……こんな悪行を……」

「あんたは阿呆か！　坂井様は最初から悪人でしょうよ！　あんな悪党を善人だと信じていたのはあんただけだよッ」

濱島は香住屋を突き飛ばすと唇を噛んだ。わかっていた。わかっていたのだ。気がつかないふりをしていただけだ。

香住屋はわめき続ける。

「あんたも早く行きなされ！　お仲間はみんな襲撃に向かいましたよッ。お仲間と力を合わせなければ、負けてしまいますよ！」

放火する悪党たちとは力を合わせたくない——と思ったその時、美鈴が横を走り抜けていった。濱島にかけられた暗示に従って三国屋の荷車を襲うつもりなのだ。

「行ってはならぬッ」

濱島は美鈴を追って走り出した。

その頃、三国屋の荷車の列では——。

黒覆面の世直し衆が刀を抜いて斬りかかってきた。同心たちは捕物十手で応戦する。捕物十手は普通の十手よりも長くて太い。刀を相手に応戦できる。

世直し衆の中に、素顔を晒《さら》している者がいた。

筆頭同心、村田鉄三郎はその顔に見覚えがあった。

「貴様はお尋ね者の人斬り浪人、鳥居左門だなッ」

駆け寄ろうとしたところへ群衆が押し寄せてくる。村田は押し戻されてしまう。

そこへ源之丞が駆けつけてきた。

「俺が相手だッ」

源之丞は両腕を大きく広げて構えた。片手に長刀を握っている。

鳥居左門も刀を構える。不敵な面構えでせせら笑った。

「小癪《こしやく》な」

左門は鋭く踏み込む。源之丞は同時に長刀を斬り下ろした。ギインッと金属音が響く。刀と刀が激突して火花が散った。

その間にも次々と世直し衆が現れる。沢田彦太郎と同心たちは応戦に追われた。捕り方と荒海一家も加わっての大乱戦だ。

闇の中から全身黒ずくめの男が出現した。顔だけは真っ白だ。白粉を塗り、唇に紅を注《さ》した顔は闇の中でもはっきりと見えた。

「いよお！」

雅楽で鼓《つづみ》でも打つかのような声をあげた。舞うように刀を振るう。荒海一家の子分と捕り方がたちまち斬られて倒された。

「清少将か！」

粽が叫ぶ。すると少将の顔が不気味に歪《ゆが》んだ。どうやら微笑んだつもりらしい。

粽は十手を突きつける。

「御用だッ。神妙にお縄を頂戴しろッ」

「笑止千万《しょうしせんばん》におじゃるぞ」

鋭く刀を一閃《いっせん》させた。粽の十手を打ち据える。十手が地面に叩き落とされた。

「……うぬッ！」

粽は背後に飛び退いて急いで刀を抜く。すると少将がニヤッと笑った。またも刀を一振りし、粽の刀の峰を叩いた。

なんという武芸の腕前か。粽の刀がポッキリ折れる。粽は折れてしまった刀を見て仰天した。

「死ね」

少将が殺気を放つ。粽は怖《お》じ気《け》づいて足をもつれさせ、尻餅をついた。

そこへ素早く割って入った男がいた。粽をかばって立ちはだかり、少将の放った必殺の太刀を打ち払った。

少将は真っ赤な唇を歪《ゆが》めて不気味に笑った。

「八巻か！」

刀を構えて少将と対しているのは、もちろん幸千代だ。しかし少将は幸千代を剣客同心の八巻だと勘違いしている。

「そなたとは幾重《いくえ》もの因縁」

少将と幸千代が睨み合う。

その隙に尾上が粽を抱え起こした。

粽は先輩同心八巻の雄姿《ゆうし》に驚いている。

「八巻さんって、剣の達人なんですか？」

尾上は「あっ」と気づいた。幸千代を指差して口をモゴモゴさせる。慌てふためいてまともに言葉も出てこない。

「ゆ、幸千代君だ……！」

粽も「ええっ」と動転する。

卯之吉とどれだけ似ていても、さすがに見間違えはしない。

同心は幕府の末端の小役人だ。将軍家御舎弟《ごしゃてい》の幸千代は悪党たちより恐いと感じる。

少将は刀を構え直して目つきを鋭くさせた。

「ここがそなたの死に場所でおじゃるぞ」

「ご、御用だ！」

尾上は幸千代を守るべく前に出ようとする。それを幸千代が制した。

「ならぬ。お前は手出しするな」

幸千代は刀を、スッと正眼《せいがん》に構えた。

「この凶賊は、わし自らの手で退治いたす」

すると少将は凄まじい顔で笑った。

「参るでおじゃるぞ！」

スルスルッと踏み出してきた。勢いをつけて一気に間合いを詰めると凄まじい斬撃を放ってくる。駆け寄りながらの跳び斬りだ。

「キエエーーッ！」

奇声が放たれる。凶剣が円弧《えんこ》を描いて幸千代を襲う。刀身の一撃には少将の全体重がのっていた。

尾上と粽はハッと息を呑んだ。この凄まじい斬撃は受けきれない。

ところが幸千代は、まったく避けようとはしなかった。むしろ力強く踏み込む。敵の懐に飛び込んで刀を合わせた。敵の斬撃を刀の根元で受けたのだ。

ガッチリと食い止める。食い止められた少将は驚愕した。

「麿《まろ》の刀を……受け止めたじゃとッ？」

幸千代はさらに踏み込む。少将をグイッと押し返した。

少将は真後ろに飛び退《との》く。

「お、おのれッ……！」

足を踏み替えると矢継ぎ早の斬撃を放つ。コマのように回転しながら斬りかかった。

しかし幸千代はまったく動じない。

「その技は、前にも見た」

連続斬りを易々《やすやす》と打ち払う。キンキンキンッと金属音が連続した。幸千代の足腰は微動だにしない。まるで台地から伸びた巨木のようにどっしりしている。

斬りつけているのは一方的に少将だったが、にもかかわらず幸千代が前に押し出していく。斬りかかっているはずの少将がジリジリと圧《お》されて後退した。

埒《らち》が明かぬ——と思ったのか少将は大きく後ろに跳んだ。顔は焦りで歪み、息も弾んでいる。普段の冷笑的な態度はどこにもない。

「ならば、奥の手でおじゃるぞ!」

左腕で袖の中をまさぐった。何かを摑むと勢い良く投げつけてきた。

それは鉄の鎖であった。幸千代に向かって鉄の鎖がまっすぐに延びる。

「鎖分銅《くさりぶんどう》か!」

幸千代は刀で受けた。

「ムッ?」

鎖が刀と腕に巻きつく。すかさず少将が鎖を強く引いた。幸千代は体勢を崩されまいと踏ん張り、足腰に力を籠めた。

少将が不気味にあざ笑う。

「捕らえたでおじゃるぞッ。いまや貴様は、蜘蛛《くも》の巣にからめ捕られた虫けらと同じでおじゃる！」

尾上も息を呑んだ。幸千代の不利が見て取れたのだ。

幸千代は腕と両脚に力を籠めて踏ん張っている。〝無駄な力が入っている〟という状態を強《し》いられていたのだ。

武芸の達人は常に全身の力が抜けている。だからこそ素早く、柔軟な動きを発揮できる。無駄に力が入った状態では全身が硬直し、素早い動きもままならない。さすれば、斬られるしかない。

少将は鎖をたぐりながら近づいてくる。幸千代は鎖を振りほどくことができずにいる。腕に幾重にも鎖が巻きついていた。

幸千代の額に汗が流れた。一方の少将は勝利を確信した。と、瞬間、今度は幸千代が前に跳んだ。鎖で引かれる力に逆らわず、自分から少将に向かって跳躍したのだ。

幸千代は刀を握ったまま両手の拳で少将の顔を殴りつけた。拳には鉄の鎖が巻きついている。凄まじい打撃力だ。拳が少将の顔面にめり込んだ。

「ぐはっ！」

少将が吹っ飛ぶ。鼻血を噴き、口からは血と折れた歯を吐き出しながら倒れた。顔を両手で押さえながら草むらの中を転げ回った。

「ま、麿の顔が……！　麿の麗《うるわ》しき顔が……！」

幸千代は素早く両手の鎖を振りほどく。刀を構え直した。

「少将、覚悟いたせ！」

刀を斬り下ろした。少将の肩から胸へ、深々と切り裂いた。

「ぐわっ」

少将は血を吐いた。肺から血が逆流する。それでも立ち上がり、刀を振り上げたが、そこで力尽きて倒れた。

口からゴボゴボと血を吐く。顔はすでに蒼白だ。死相が浮いている。

「……八巻」

視線の合わない目で幸千代を探す。

「ここだ」

「……今度は、麿の手当ては、無用のことだ……」

そう言って絶命した。

幸千代は大きく息を吐いた。

源之丞もズンッと大きく踏み込んだ。

「どぉりゃあッ」

大刀を振り下ろす。鳥居左門の腕を切り落とした。輪切りになった腕から血が噴き出した。

源之丞は振り下ろした刀を地面スレスレで握り返して刃を上にする。そして下から斬り上げた。切っ先が鳥居の胸に突き刺さる。源之丞は力任せに大刀を振りきる。傷口から血がビュッと飛び散った。

「お、おのれ……」

鳥居は片手で刀を突き出したが、それが最後の抵抗だった。力なく倒れて動かなくなった。

内与力の沢田彦太郎が叫んでいる。

「縄を掛けよッ」

荒海一家と捕り方たちは世直し衆をあらかた制圧した。幸千代も刀を鞘に納めて、尾上と粽の挨拶を受けている。

源之丞は血のついた刀をビュッと振り下ろして血を払った。

「やれやれだ。これで江戸の悪党どもはあらかた片づいたか」

ホッと息をついたその時であった。火の見櫓の半鐘が凄まじい勢いで連打された。

「火の手が回ったぞォ！」

炎が恐ろしい勢いで近づいてくる。立ち並ぶ屋根の向こうで炎と火の粉《ひこ》が噴き上がっていた。

町人たちの悲鳴が聞こえる。またしても大勢がこちらに逃げてきた。

源之丞は「むっ」と唸った。

「あれは……美鈴殿ッ？」

先頭を切って走ってくるのは美貌の女武芸者だった。

群衆は女賊とともに捕り方たちに突入した。沢田彦太郎が怒鳴りつける。

「やめよ！　町人たち、戻れッ」

しかし町人も女賊も聞く耳を持たない。捕り方と荒海一家が押し倒され、突き飛ばされた。

「美鈴殿ッ」

源之丞は立ちはだかろうとした。大太刀《おおだち》の柄を握るが抜刀できない。美鈴を斬り捨てることなどできはしない。

女賊を濱島与右衛門が追いかけてきた。

濱島も普段の穏やかな顔つきをかなぐり捨てている。

「待つのだ！　行ってはならぬッ」

しかし女賊の耳には届かない。女賊は刀を抜いた。

「きえーいッ」

気合の声を発して斬りつける。源之丞は鞘で受けた。

「美鈴殿ッ、正気に戻るのだッ」

叫ぶがなんの反応もない。そこへ群衆がドーッと押し寄せてきた。源之丞にぶつかってくる。源之丞は揉みくちゃにされ、美鈴を止めるどころではなくなった。

幸千代も大喝《だいかつ》する。

「美鈴ッ、わしだ！」

だが女賊は躊躇なく幸千代に斬りかかった。幸千代は鞘ごと刀を腰から抜いて突き出して、柄と鍔《つば》で斬撃を受けた。辛《から》くも避《よ》ける。幸千代の武芸がなければ斬られていたに違いない。

「美鈴ッ、なぜわからぬ！」

そこへ群衆が大波となって押し寄せた。幸千代も身動きがままならない。女賊は三国屋の列に向かって突進する。幸千代はギョッとなった。彼女が走るその先に卯之吉がボーッと立っていたのだ。

「八巻ッ、逃げよ！」

幸千代は叫んだ。しかし卯之吉は反応しない。失神している。

女賊は駆けた。自分が何者なのかわからない。わかっているのは世直し衆だということだけだ。仇敵《きゆうてき》は目の前にいた。憎むべき悪徳商人、三国屋の荷車がある。そして一人の若旦那が、ボンヤリと立っていた。

ヤクザ者たちが立ち塞がる。女賊にとってはなんの障壁にもならない。

「どけぇッ」

突きつけられた六尺棒や長脇差を打ち払う。その一振り一振りが力の入った一撃だ。ヤクザ者たちは撥《は》ね飛ばされて次々と転倒した。

三右衛門が喚き散らしている。

「旦那に近づけさせるなッ」

だが三右衛門も群衆に揉まれて身動きできない。

女賊は走った。

「三国屋ッ、覚悟！」

刀を振りかざして若旦那に突進する。怒りを込めて柄を握った。ただの一振り、斬り下ろせば一刀両断にできる。そのはずだった。

しかしここで女賊は「ハッ」と息を呑んだ。

足が止まった。振り上げた刀を振り下ろすことができない。女賊の身体は硬直し、その場で停止してしまった。

若旦那が突然、失神から覚めて目を開けた。ニッコリと笑みを向けてきた。

「美鈴さん、お帰りなさい」

女賊は息を呑んだ。

「美鈴……」

「そうです。あなたのお名前です。お帰りなさい美鈴さん。帰ってくるのを待っていましたよ」

女賊の頬を涙が伝った。

「わたしは泣いている……。どうして？」

その瞬間、美鈴はすべてを思い出した。

「卯之吉様」

刀をポトッと落とした。倒れそうになった身体を卯之吉が抱き止めた。

美鈴は卯之吉にしがみついて泣き始めた。

その様子を菊野が見ている。抜きかけていた懐剣を鞘に戻して、安堵の笑みを浮かべた。

卯之吉と美鈴をしみじみと見つめる。

「『お帰りなさい』と帰りを待つのは、卯之さんのほうだったんだねぇ……」

帰りを待つのが女ばかりとは限らない。

「あたしも『お帰りなさい』と言ってもらえるのなら、所帯を持っても、よかったかもねぇ」

などと思って、目に浮かんだ涙を拭《ぬぐ》った。

濱島も茫然となって見つめている。

「母上……なぜです……わたしは、また一人ぼっちになるのですか……」

大きな喚き声が近づいてきた。町火消しの衆が駆けつけてきたのだ。屋根の向こうで纏《まとい》が振られるのが見えた。

群衆は逃げ散っていく。濱島も涙をかなぐり捨てて、群衆と一緒に逃げだした。

同心と捕り方たちは世直し衆に縄をかけていく。

「ざまぁ見やがれッ、畏《おそ》れ入ったか！　これが八巻様の捕り物でぃ！」

得意になって啖呵《たんか》を切る三右衛門の声が聞こえた。

「美鈴」

幸千代が歩んできた。美鈴に問い質す。

「世直し衆の根城はどこにある。首魁《しゆかい》は誰だ」

美鈴は一瞬、言いよどんだ。濱島の名を告げることに躊躇したのだ。確かに濱島は盗賊の頭目だ。しかし美鈴の目には濱島は、ひたすら真っ直ぐに生きる若者として映っている。役人たちに注進するのは気が引けたのだ。

卯之吉が優しい笑みを向けた。

「濱島先生、ですよね？」

美鈴はハッとする。

「知っていたのですか」

「薄々とわかっていましたよ。濱島先生の私塾で見せてもらった蘭方医学の本には傷口を糸で縫うやり方が書かれていました。世直し衆の頭目が傷を縫う時のやり方と同じでしたよ。蘭方医学の本を所持している人なんて、世の中に数えるほどしかいないですからねぇ」

幸千代が怒りだす。

「ならば、なにゆえひっ捕らえぬ!」

「非の打ち所のない善人なんですよ。盗っ人の頭目だなんて思えない。……いや、思いたくなかった、そういうことかもしれませんねぇ」

沢田彦太郎が走ってきた。

「濱島は洲崎十万坪におるはず! これより捕縛に向かうぞ!」

幸千代が怒りだす。

「御金蔵に金を運ぶことのほうが大事であろうが」

それには卯之吉が答えた。ニコッと笑った。

「この千両箱の中身は石ころです。本物の小判は昼間に運び入れました」

「昼間の荷は贋物ではなかったのか！」

「いいえ。あっちが本物。こっちが贋物です。万が一にも敵に奪われることがないようにという、甘利様の策にございます」

完全に一杯食わされた。幸千代は茫然とする。やがて騙された悔しまぎれに激怒し始めた。

「甘利め、このわしまで欺《あざむ》きおって！」

「若君様がお城を抜け出してくるなんて、甘利様も考えていらっしゃらなかったのでしょうよ」

幸千代は返す言葉もない。歯嚙みするばかりだ。


その甘利備前守は、深夜をおして尾張徳川家の江戸屋敷を訪れていた。

裃《かみしも》姿で御殿の大広間に端座《たんざ》している。足音も荒々しく尾張大納言が入ってきた。熟睡中に起こされたので機嫌が悪い。

こんな夜更けでも近臣と太刀持ちを従えている。壇上にドカッと座るなり、甘利に怒りをぶつけてきた。

「こんな夜更けに押しかけるとは何事かッ。慮外《りよがい》であろうぞ！」

慮外とは非常識という意味である。

甘利は動じない。スッと表情を隠して答えた。

「非常の事態にござれば、ご無礼の段は平《ひら》にご容赦。尾張徳川家の存亡《そんぼう》に関わる話にございまする」

「なにッ」

大納言の顔つきが変わった。

「聞かせよ。何が起こったのだ」

「尾張徳川家の附家老、坂井主計頭正重が、世直し衆を陰で操る首魁であると判明いたし申した」

「何ィ？　其《そ》は真《まこと》かッ。証拠はあるのかッ」

「証拠と証言は数々ございまするが、今は大納言様ご自身にお確かめいただきたき事がございまする。尾張徳川家の御用船が許しもなく、洲崎に向かってはおりませぬでしょうか」

大納言は近臣に顔を向ける。

「どうなのだ」

近臣は激しく驚いた様子で平伏し、答えた。

「坂井様のお指図を受けまして、この夕刻、出帆《しゅっぱん》いたしましてございまする。殿のご下命《かめい》だと承りましたが……」

「わしは命じておらぬぞッ」

近臣は仰天した。一方、甘利は感情を押し殺した表情で続けた。

「船には大量の小判が積まれているはず。その小判は世直し衆が江戸の豪商たちから奪い取り、一時、このお屋敷に隠されておりました」

大納言には思い当たるふしがあった。出所《でどころ》のわからぬ大金が金蔵に積まれてあったのだ。大納言は近臣に命じた。

「金蔵を調べてまいれ！」

近臣は「ハッ」と答えて出ていく。

大納言は甘利に確かめる。

「上様は、この一件を御存知なのか」

「ご承知しておわしまする。御船手《おふなて》奉行、向井《むかい》将監《しょうげん》を差し向けて、尾張家の御用船を捕まえるよう、お命じにございまする」

御船手奉行とは徳川幕府の海軍司令官のことだ。多くの軍船を指揮している。

大納言は厳しい面相となって黙り込んだ。脇息《きょうそく》に肘を置き、頭を抱える。しばし黙考《もっこう》した後で、今度は一転、助けを求めるような目を甘利に向けてきた。

「尾張徳川家はどうなる」

「上様は、尾張徳川家は罰するに及ばず、との仰せにございまする。そもそも尾張家に坂井主計頭を附家老として送り込んだのは先代の将軍公。事を表沙汰にすることは先君公に恥をかかせることにもなりましょう」

「上様はわしの失態をお見逃しくださるのか！」

「尾張徳川家六十二万石を改易《かいえき》にすれば、大量の浪人が世に溢れかえりまする。ただ今の日本国は、何万人もの浪人を養うことはできませぬ。尾張家を潰せば日本が潰れる。さすれば苦しむのは民人《たみびと》だ——と、上様はかように仰せでございました」

大納言は「うむ」と頷き返した。

「上様に言上《ごんじょう》せよ。尾張徳川家六十二万石は、ただいま上様より賜った恩義に応えるために忠勤申しあげる、と。日本を建て直すために尾張家の総力をあげて上様をお支えし、粉骨砕身《ふんこつさいしん》いたしまする、とな」

甘利は「ハッ」と平伏した。

「まことに頼もしきお言葉を頂戴いたしました。上様にお伝え申し上げまする」

近臣が戻ってきた。大納言に報告する。

「金蔵は空にございました！　蔵奉行が申すには、坂井様が運び出したとの由《よし》にございまする！」

大納言は甘利に顔を向けた。

「坂井主計頭の附家老職を解任いたす。今より彼《か》の者はただの浪人。捕縛《ほばく》も処刑も御公儀の思いのままになされるがよい」

「ご配慮、かたじけなくお受けいたしまする」

甘利は低頭して、顔を上げた。これで仇敵は倒れた。しかし甘利の顔に喜びはない。深い憂悶《ゆうもん》に沈んでいた。

尾張御殿の畳廊下を歩む。若い頃の思い出が脳裏に蘇ってきた。

（主計頭……。ともに学び、武芸を研鑽《けんさん》した仲だった。それなのに、なにゆえ、こんなことになってしまったのだ……）

笑いあい、語り合った二人。青春の思い出はいつまでも眩《まぶ》しい。一方、甘利が歩む畳廊下は暗く冷えきっていた。

*

水谷弥五郎と由利之丞は闇の中に隠れている。ここは洲崎十万坪。濱島の普請場だ。

周囲は静まり返っている。しかし対岸は大火事だ。

「世直し衆が火を放ったに相違《そうい》ないな」

「若旦那たち、ちゃんと捕縛できたのかなぁ。悪党は濱島先生がさっき一人で逃げてきただけだ」

捕り方から逃れてくる世直し衆がいたなら、水谷弥五郎がこん棒で殴り倒し、由利之丞が縄を掛ける手筈《てはず》となっている。

「他には誰も戻ってこないよ。みんな捕まったのか、それとも金を奪ってどこかへ逃げたのか」

「シッ、来たぞ」

男が二人、闇の中を歩んできた。先導する男は手に提灯を提げている。か細い明かりが二人の顔を照らし上げている。

由利之丞はその二人に見覚えがあった。

「坂井主計頭様だ。提灯で照らしているのは香住屋の旦那だよ」

芝居小屋を使って秋月ノ局を接待した時に由利之丞も呼ばれたのだ。贔屓にしてくれた旦那衆の顔と名前は憶えている。

坂井と香住屋は普請場の小屋へと入っていく。

「なにをしに来たんだろうね。まさか、附家老様が世直し衆を陰で操っていた、とか？」

「よし、盗み聞きしてやろう」

水谷弥五郎は身を低くして小屋に近づいていった。


濱島は静かに端座している。机に大きな紙を広げ、西洋の定規やコンパスを使って何かの設計図を書いていた。手にしているのは筆ではなくてペンだ。

そこへ坂井正重と香住屋が入ってきた。坂井は激怒の形相だ。

「金はどうしたッ。盗み取ることはできたのかッ」

濱島は答えない。無言で製図を続けている。

香住屋は絶望と恐怖で泣きだしそうな顔つきだ。濱島の横に両膝を突き、うろたえきった顔を向けてきた。

「金がなければあたしはお終《しま》いなんですよ！　なんとか言ってください！」

濱島は静かにペンを置いた。

「我々の負けだ。世直し衆は残らず捕縛された……。わたしの母になってくれるはずだった人も……」

香住屋は濱島にすがりついて揺さぶった。

「金がなければ手前は破滅にございますよッ。どうしてくれるのです――」

喚き散らしていた香住屋が突然「ぐうっ」と唸った。両目を剥いて、ワナワナと震えていたが、やがて倒れ伏した。その背中には抜き身の刀が突き刺さっている。刀の柄は坂井が握っていた。

「役立たずめ」

濱島は驚かない。坂井がこうするであろうことを予期していた。冷ややかな目を坂井に据えた。

「口封じですか」

「そうだ。役に立たぬ者に用はない。誰も彼も役に立たぬ者どもばかり。貴様も同じだ」

濱島は静かに立ち上がった。坂井と向かい合う。

「役に立たぬ無力な者たちも、皆、生きているのです。その者たちを助けようとは思わぬのですか」

「弱き者を助ける、じゃと？」

坂井はカッと大口を開けて笑った。

「お前は人を助ける側の人間ではなく、助けてもらう側の人間であろうが！」

図面ごと机を蹴り飛ばす。

「鐚一文《びたいちもん》も稼ぐ力もない若造が、愚にもつかぬ夢を語った挙げ句に世直しだと？笑わせるなッ」

濱島は床に散らばった定規やコンパスを見下ろした。悲しげな顔であった。

「いかにも仰せの通りでござる。返す言葉は一言《いちごん》もない……」

濱島は羽織の紐を解いた。羽織を脱いで落とす。腰に差した脇差を静かに抜いた。

「されどそれがしは、まだ世直しを諦めたわけではござらぬ」

刀身を坂井に向けた。

「世にあってはならぬ悪党、あなた様に死んでいただく。これが最後の世直しだ」

その様子を窓越しに、水谷弥五郎が見守っている。

＊

卯之吉が駆けつけてきた。

美鈴が案内に立っている。

「こっちです！」

洲崎の十万坪は広大な原野で、道もろくに造られていない。漁師が歩く道はあるけれども高い夏草に囲まれて、まるで迷路のようにわかりづらかった。

南町奉行所の捕り方たちはすっかり迷って遅れている。御用提灯ははるか後ろで揺れていた。

普請場の小屋にたどり着く。戸は開いていた。屋内の明かりが漏れている。

「若旦那ッ、こっちだよ」

由利之丞が手を振っている。

卯之吉は小屋に飛び込んだ。小屋の中には一段高く板の床が作られていた。そこに三人の男が倒れている。水谷弥五郎が茫然と突っ立って見下ろしていた。

卯之吉に気づいて口を開く。

「濱島と坂井が斬り合った。坂井は死んだ」

倒れていた濱島が呻《うめ》いた。美鈴が反応する。

「まだ生きています！」

卯之吉も濱島に駆け寄った。跪《ひざまず》いて手の脈を探った。

濱島は目を開けた。

「卯之吉殿か……」

「今、止血をしますからね」

「無用です。わたしも蘭学者の端くれ。人体の構造ぐらいは知っている。わたしはもう助からぬ」

濱島は血を吐いた。息苦しそうに喉《のど》をゼイゼイと鳴らしている。美鈴に目を向けて、卯之吉に目を戻した。

「三国屋の荷を襲わせたのはわたしです……」

「なぜ、そんなことをしたのですかね」

「わたしはあなたが憎かった。あなたは、わたしが欲していたものの、すべてを持っている。わたしが一生をかけて努力しても手にできぬものを、生まれつき持っている。わたしはあなたが羨《うらや》ましかった。三国屋の富がわたしのものであったなら、と、何度も口惜しく思ったものです……」

「金なんて、どれだけあっても、できる事とできない事がありますよ」

濱島はかすかに苦笑した。

「それが言えるのは、あなたが有り余る金を持っているからだ……」

濱島は震える手を伸ばして床の上をまさぐった。もう目も見えないらしい。手さぐりで図面を摑むと卯之吉に向かって差し出した。

「わたしが考案し作図しました。蘭学の技術を取り入れたのです。軟弱な湿地に橋は架けられないと言われている。しかし、西洋の進んだ技術をもってすれば可能なのです……。卯之吉殿、わたしはここに橋を架けたかった」

卯之吉は図面を受け取った。

「この図面は、わたしから甘利様に披露しましょう。橋を架けるための金は三国屋が整えましょうよ」

「わたしは天下の大罪人《だいざいにん》。公儀が取り上げるはずもない」

「仰る通りで、あなたの名は、出せません」

「わたしは遂《つい》に、我が名を後世に残すことが叶わなかったのか……」

「それでいいじゃないですか」

卯之吉は微笑した。

「今度の一件でわたしは公金貸付の頼母子講を作りました。あなたは橋の図面を作りました。それで大勢の人が助かり、喜ぶのです。名前なんか残らなくたっていいじゃないですか」

「あなたは無欲な人だ……。それにひきかえ、わたしも、坂井も、強欲だった。いつでも己の欲望を満たすことを第一に考えていた。わたしは名声に飢えていたのです。強欲そのものでした。わたしの企《くわだ》てが上手くゆかなかったのは、きっとそのせいだ。他人の強欲を満たすために手を貸してくれる人などいない……」

濱島は美鈴に目を向けた。

「あなたのことも、我が意のままに操ろうとした」

濱島は激しく吐血した。

「卯之吉殿、必ずこの約束を、わたしの橋を――」

濱島はガックリと脱力した。卯之吉は手の脈を探る。それから静かに濱島の瞼《まぶた》をとじさせた。

美鈴と水谷が無言で見守っている。小屋の外から「御用だ、御用だ」という叫び声が聞こえてきた。

「若旦那ッ、捕り方が来てくれたよッ」

由利之丞の明るい声が戸外《こがい》で聞こえた。

＊

江戸城の大広間に眩しい陽光が差し込んでいる。徳右衛門とおカネが、横に並んで座っていた。

二人とも身体の正面は上座に——将軍が座るであろう床ノ間に向けている。伯父と姪の久しぶりの対面であったが、互いに横目で横顔が見えるばかりだ。

二人は小声で会話した。徳右衛門は笑みを浮かべている。

「今回の一件、卯之吉は良くやってくれたね」

おカネも微笑して頷いた。

「しっかりと鍛えておきましたよ」

「後見人、ご苦労だったね。自分の孫ながら頼りない人柄だと思っていたんだけれどねぇ。公金貸付をまとめ上げたのは見事だった」

「いえいえ。本当に頼りない人柄ですよ。そうだけれども、良い仲間たちに支えられていますからね」

徳右衛門は晴れやかな顔つきだ。

「これで、いつでも卯之吉に三国屋を譲ることができるよ。わたしも肩の荷が下りた」

「彦坊、じゃなかった、内与力の沢田彦太郎様にお願いして、卯之吉を三国屋に戻すおつもりですかね」

「そう考えているよ」

などと囁きあっていたところへ甘利備前守が入ってきた。二人に向かって頷いてから座った。

「二人とも、此度《こたび》は世話になったな。礼を申すぞ」

徳右衛門とおカネは低頭でもって答える。続いて将軍が入ってきた。

「おう、皆、揃っておるな」

上機嫌に声をかけてから壇上に座った。

「皆の者、大儀であった。余は満足しておるぞ」

徳右衛門が答える。

「もったいなきお言葉を頂戴いたしました。三国屋、末代までの誉《ほま》れにございまする」

するど将軍はカラカラと笑った。

「末代までの誉れか。甘利と幸千代より聞かされたぞ。卯之吉は破天荒《はてんこう》な人柄。卯之吉の代で末代にならねば良いがなぁ」

意外と毒舌《どくぜつ》である。徳右衛門とおカネは苦笑するしかない。

将軍は身を乗り出して徳右衛門の顔を覗き込んできた。

「余の見るところ、公金貸付の立案をしたのは徳右衛門、そなたであろう。江戸の商人たちを動かすことのできるは、江戸一番の豪商たるそなたをおいて他にない。卯之吉の手には余る大事《だいじ》」

甘利も、将軍に同意の顔つきだ。将軍は続ける。

「陰で動いていたのは徳右衛門、そなたであろうぞ。我らはそう見ておるぞ」

ところが徳右衛門は大きな声で「いえいえ！」と叫んだ。それからニンマリと顔いっぱいの笑みを浮かべた。

「畏れながら、上様と甘利様のお目利《めき》き違いにございまする。確かにこの三国屋徳右衛門、公金貸付の仕組みぐらいであれば、考えつくことも難しくはございませぬ。さりながら、江戸の商人たちをまとめ上げ、金を集めることなど、叶う話ではございませせぬぞ」

将軍は「ふむ？」と、顔つきを変えた。

「なにゆえ徳右衛門にはできぬと申すか」

「手前はあまりにもがめつい。江戸一番の豪商にして、江戸一番の守銭奴《しゅせんど》。血も涙もない悪徳商人、と、そのように噂されておりまする」

「ひどい悪口じゃのう」

「我が胸に問えば、いちいち思い当たることばかりでございます。人様を責めることはできませぬ」

自分の胸に手を置いたうえで徳右衛門は堂々と言い切った。

「それゆえ、手前は人の信用を集めることが叶いませぬ。手前が江戸の金持ちたちに向かって公金貸付を勧めたといたしましょう。金持ちたちは『それは良い儲け話だ』と思うに相違ございませぬが、この徳右衛門が持ち込む話にうかうかと乗ることはできませぬ。『上手い話には裏がありそうだ』と不安になるからでございまする」

将軍は半ば呆れている。

「おのれ自身のことを、よくもそこまで悪し様《あ　ざま》に言えるものよのぅ」

「すべては身から出た錆《さび》にございまする。この徳右衛門が儲け話を勧めますれば、勧められたほうは、こう考えますする。『徳右衛門ばかりが得をして、三国屋の身代《しんだい》ばかりが太くなり、終《しま》いには自分たちは三国屋に頭の上がらぬようにされてしまうのではないか』と」

「ふむ。そう案じる気持ち、わからぬでもない」

「ですから、それがしが公金貸付の話を持ち出しても、金持ちたちは三国屋に金を持ってこようとはしなかったでございましょう。卯之吉だから、安心して金を預けることができるのでございます」

「なにゆえ卯之吉ならば、金を託すことができるのだ」

ここで徳右衛門はちょっと思案した。自分でも結論が出せない、という顔で続けた。

「無垢《むく》で無欲……だからにございましょうか」

「無欲か」

「あるいは隙間だらけだから、にございましょう」

「隙間とは」

「隙間があれば、いくらでも他人はその隙間に染み込むことができますする」

「それは隙というものではないのか」

「いかにも隙。つけいる隙のない人間には、誰も近づこうとはいたしませぬ。否《いな》、近づけぬのでございます。坂井主計頭様は隙のないお人柄でございました。だからこそ誰も近づかない。坂井様も誰も近づけさせようとしない。そのようなお人に、大きな仕事はできませぬ」

徳右衛門は甘利に目を向けた。

「甘利様も隙間がいっぱいあるお人。だからこそ、多くの者を惹き付けたうえで働かせることができるのでございまする」

甘利は複雑な顔つきだ。

「それは……褒めておるのか？　貶《けな》されておるのか」

「清濁併《せいだくあわ》せ呑むご器量と申しあげておりまする」

将軍は大きく頷いた。

「我が意を得たり！　〝大賢《たいけん》は大愚《たいぐ》に似たり〟じゃ。甘利や卯之吉のことを申すのであろう。賢人は時として愚か者に見えるものよ」

甘利はきわめて不服そうな顔で唇を尖らせた。

「愚か者に見える、とは、それがし、いささか不服にござる」

将軍は愉快そうに笑った。甘利も心地よさげに笑いだす。徳右衛門とおカネも微笑んだ。

笑いが収まったところで徳右衛門が将軍に向かって拝跪した。

「上様、そろそろ卯之吉を手前にお返しくださいまするよう、願い奉りまする」

「同心を辞めさせて三国屋に戻したいという一件か」

「そろそろ手前も隠居の歳にございますれば、なにとぞ……」

将軍は「ううむ」と唸った。

「余に異存はないのじゃが、幸千代に反対されたぞ」

「若君様に？」

「そこな甘利も、南町の面々も、そしてこの将軍も、八巻の支えなしではやっていけそうにない、と言われてしまってのぅ」

「幸千代君がそのようなことを仰せで」

「うむ。弟にそこまで反対されては、余としても我意《がい》を通すことはできぬ」

徳右衛門も嬉しそうだ。

「それでは手前も我《わ》が儘《まま》は申せませぬなぁ」

おカネが笑った。

「卯之吉は、居たら居たで邪魔にしかならないのに、居ないとみんなが困ったことになる。本当に不思議な子だよ」

「居たら邪魔か。はっはっは。それは可笑《おか》しい」

将軍は大笑いした。つられて皆も笑う。

大広間は明るい笑い声に包まれた。

＊

「暑いねぇ」

卯之吉は金扇《きんせん》を開いて頭上に翳《かざ》した。きつい日差しを避《さ》けるためだ。

江戸の町中《まちなか》の目抜き通り。若旦那姿の卯之吉が歩いている。銀八がお供に従っていた。

「まったく暑いでげす。湿気も酷いでげすな」

「何十日も降り続いた雨の水気が夏の日差しで炙《あぶ》られてるんだからねぇ。湯気《ゆげ》の中を歩いているみたいさ」

卯之吉は天を見上げた。

「あたしは寒いのも暑いのも苦手だけどね、冬に雪が降り積もってくれなければ春の田植えの水に困る。夏の日差しがなかったら田圃の稲は育たない」

「辛いことに耐えなければ稔《みの》りは得られないってぇ教訓でげすか」

「えっ……あたし、そんな説教臭いことを言ったかね」

卯之吉はフワフワと歩いていく。

「喉が渇いたよ。水茶屋に寄っていこう」

「若旦那！　甘利様に呼ばれてるんでげすよ！　寄り道はいけねぇでげす」

「いったいなんの御用だろうねぇ。ああ面倒臭い」

「新しい橋を造るってお話でげしょう。甘利様が上様を熱心に説いてくださって、お許しを頂戴したんでげすよ！　若旦那が勧めた話でげしょうに」

「ちょっと休んでいくだけだよ、ちょっと足を休めたいだけだから」

涼しげな葦簾《あしすだれ》のかかった店の中に卯之吉は吸い込まれるように入っていく。

「若旦那ぁ」

銀八は情けない声を張り上げた。

真っ直ぐに延びた通りの先に江戸城がある。白い城壁が眩しい。空には青空が広がっていた。

この作品は双葉文庫のために書き下ろされました。

双葉文庫

は-20-29

大富豪同心《だいふごうどうしん》

天下無双《てんかむそう》の型破《かたやぶ》り

2023年7月15日　第1刷発行

【著者】

幡大介《ばんだいすけ》

【発行者】

箕浦克史

【発行所】

株式会社双葉社

〒162-8540 東京都新宿区東五軒町3番28号

［電話］03-5261-4818(営業部)　03-5261-4833(編集部)

www.futabasha.co.jp(双葉社の書籍・コミックが買えます)

【印刷所】

中央精版印刷株式会社

【製本所】

中央精版印刷株式会社

【フォーマット・デザイン】

日下潤一

ISBN978-4-575-67166-7 C0193
Printed in Japan

八巻卯之吉 放蕩記

幡大介
大富豪同心
長編時代小説〈書き下ろし〉

江戸一番の札差・三国屋の末孫の卯之吉が定町廻り同心になった。放蕩三昧の日々に培った知識、人脈、財力で、同心仲間も驚く活躍をする。

幡大介
大富豪同心
天狗小僧
長編時代小説〈書き下ろし〉

油問屋・白滝屋の一人息子が、高尾山の天狗にさらわれた。見習い同心の八巻卯之吉は、上役の村田銕三郎から探索を命じられる。

幡大介
大富豪同心
一万両の長屋
長編時代小説〈書き下ろし〉

大坂に逃げた大盗賊一味が、江戸に舞い戻った。南町奉行所あげて探索に奔走するが、見習い同心の八巻卯之吉は、相変わらず吉原で放蕩三昧。

幡大介
大富豪同心
御前試合
長編時代小説〈書き下ろし〉

家宝の名刀をなんとか取り戻して欲しいと頼み込まれ、困惑する見習い同心の八巻卯之吉。そんな卯之吉に剣術道場の鬼娘が一目ぼれする。

幡大介
大富豪同心
遊里の旋風《かぜ》
長編時代小説〈書き下ろし〉

吉原遊びを楽しんでいた内与力・沢田彦太郎に遊女殺しの疑いが。窮地に陥った沢田を救うべく、八巻卯之吉が考えた奇想天外の策とは!?

幡大介
大富豪同心
お化け大名
長編時代小説〈書き下ろし〉

田舎大名の上屋敷で幽霊騒動が起き、怨霊に取り憑かれ怯える藩主。吉原で八巻卯之吉の名声を聞いた藩主は、卯之吉に化け物退治を頼む。

幡大介
大富豪同心
水難女難
長編時代小説〈書き下ろし〉

八巻卯之吉の暗殺と豪商三国屋打ち壊しの機会を密かに狙う元盗賊の女狐・お峰。窮地に立たされた卯之吉に、果たして妙案はあるのか。

幡大介
大富豪同心
刺客三人
長編時代小説〈書き下ろし〉
捕縛された元女盗賊のお峰が、小伝馬町の牢から脱走。悪僧・山嵬坊と結託し、三人の殺し人を雇って再び卯之吉暗殺を企む。

幡大介
大富豪同心
卯之吉子守唄
長編時代小説〈書き下ろし〉
卯之吉の屋敷に、見ず知らずの赤ん坊が届けられた。子守で右往左往する卯之吉と美鈴。そんな時、屋敷に曲者が侵入し、騒然となる。

幡大介
大富豪同心
仇討ち免状
長編時代小説〈書き下ろし〉
悪党一派が八巻卯之吉に扮した万里五郎助に武士を斬りまくらせる。ついに、卯之吉を兄の仇と思い込んだ侍が果たし合いを迫ってきた。

幡大介
大富豪同心
湯船盗人
長編時代小説〈書き下ろし〉
見習い同心八巻卯之吉が突如、同心として目覚めた⁉ 湯船を盗むという珍事件の下手人捜しに奔走するが、果たして無事解決出来るのか。

幡大介
大富豪同心
甲州隠密旅
長編時代小説〈書き下ろし〉
お家の不行跡を問われ甲府勤番となった坂上権七郎に天満屋の魔の手が迫る。八巻卯之吉は権七郎を守るべく、隠密同心となり甲州路を行く。

幡大介
大富豪同心
春の剣客
長編時代小説〈書き下ろし〉
卯之吉の元に、思い詰めた姿の美少年侍が現れた。秘密裡に仇討ち相手を探してほしいと頼み込まれ、つい引き受けた卯之吉だったが。

幡大介
大富豪同心
千里眼 験力《げんりき》比べ
長編時代小説〈書き下ろし〉
不吉な予言を次々と的中させ、豪商ばかりか時の老中まで操る異形の怪僧。その意外な正体と黒い企みに本家千里眼（？）卯之吉が迫る。

幡大介
大富豪同心
隠密流れ旅
長編時代小説〈書き下ろし〉
卯之吉、再び隠密廻に!! 遊興目当てで勇躍乗り込んだ上州では、三国屋の御用米を積んだ川船が転覆した一件で不穏な空気が漂っていた。

幡大介
大富豪同心
天下覆滅
長編時代小説〈書き下ろし〉
不気味に膨らむ神憑き一行は何者かに煽られ、ついに上州の宿場で暴れ出す。隠密廻り・八巻卯之吉が捻り出したカネ頼みの対抗策とは!?

幡大介
大富豪同心
御用金着服
長編時代小説〈書き下ろし〉
公領水没に気落ちする民百姓に腹一杯振る舞う卯之吉。だがその元手は幕府から横領した堤修繕金。露見すれば打ち首必至、さあどうなる!?

幡大介
大富豪同心
卯之吉江戸に還《かえ》る
長編時代小説〈書き下ろし〉
着服した御用金で公領の大水を見事収めた放蕩同心・八巻卯之吉がついに帰還。花街で連夜の遊興に耽るうち、江戸の奇妙な変化に気づく。

幡大介
大富豪同心
走れ銀八
長編時代小説〈書き下ろし〉
放蕩同心・八巻卯之吉の正体がバレぬよう尽くす、江戸一番のダメ幇間、銀八に嫁取り話が浮上。舞い上がる銀八に故郷下総の凶事が迫る!

幡大介
大富豪同心
海嘯《かいしよう》千里を征《ゆ》く
長編時代小説〈書き下ろし〉
鳩尾を一突きされた骸と渡世人の斬死体。二つの殺しを結ぶのは天下の台所、大坂と睨んだ放蕩同心八巻卯之吉は勇躍、上方に乗り込む。

幡大介
大富豪同心
お犬大明神
長編時代小説〈書き下ろし〉
放蕩同心、八巻卯之吉が吉原よりハマったのはなんと犬!? 愛するお犬様のため奔走する卯之吉の前に大事件ならぬ犬事件が起こる。

幡大介

大富豪同心
闇の奉行
長編時代小説〈書き下ろし〉

将軍のお犬発見の手柄を黒幕、上郷備前守に譲った八巻卯之吉。息を吹き返した備前守は北町奉行に出世し打倒卯之吉の悪計をめぐらす。

幡大介

大富豪同心
影武者　八巻卯之吉
長編時代小説〈書き下ろし〉

NHKのドラマも大評判だった大富豪同心に超待望の最新刊！　屋敷を抜けだした徳川の若君にそっくりだということで卯之吉が代役に!?

幡大介

大富豪同心
昏《くら》き道行き
長編時代小説〈書き下ろし〉

お世継ぎ候補である徳川の若君の命を狙う一味は諦めず、次々と魔手を伸ばしてくる。身代わりをしている卯之吉が危ない――！

幡大介

大富豪同心
贋の小判に流れ星
長編時代小説〈書き下ろし〉

若君の命を狙い、金と米の価格を操り、江戸の町を騒擾に陥れた悪党一派を、ついに八巻卯之吉が一網打尽に！　人気時代シリーズ第25弾！

幡大介

大富豪同心
怪盗　世直し衆
長編時代小説〈書き下ろし〉

災害続きで江戸の町はかつてない不景気に。暗躍する悪人どもを阻止するのは、本人の自覚はないけど、またしても卯之吉!?

幡大介

大富豪同心
高名の坂
長編時代小説〈書き下ろし〉

豪商の孫にして南町奉行所の同心、卯之吉の実家・三国屋にも、大店を襲い続ける悪党の魔の手が迫る。闇夜を揺るがす大捕物が始まる！

幡大介

大富豪同心
関東に化け物現る
長編時代小説〈書き下ろし〉

利根川が決壊したとき、大きな化け物が現れたという。内与力・沢田らと現地に赴く卯之吉。その好奇心が吉と出るか凶と出るか!?